परमवीर अल्बर्ट एक्का

1971 के नायक

परमवीर अल्बर्ट एक्का

संजय कृष्ण

प्रकाशक
प्रभात पेपरबैक्स
प्रभात प्रकाशन प्रा. लि. का उपक्रम
4/19 आसफ अली रोड, नई दिल्ली–110002
फोन : 011–23289777 • हेल्पलाइन नं. : 7827007777
इ–मेल : prabhatbooks@gmail.com ❖ वेब ठिकाना : www.prabhatbooks.com

संस्करण
प्रथम, 2023

मूल्य
तीन सौ रुपए

मुद्रक
आर–टेक ऑफसेट प्रिंटर्स, दिल्ली

★

PARAMVEER ALBERT EKKA
by Shri Sanjay Krishna

Published by **PRABHAT PAPERBACKS**
An imprint of Prabhat Prakashan Pvt. Ltd.
4/19 Asaf Ali Road, New Delhi-110002

ISBN 978-93-5521-483-6

₹ 300.00

झारखंड के उन ज्ञात–अज्ञात वीर शहीदों को
जिन्होंने 1971 के युद्ध में
निर्णायक भूमिका
अदा की।

पिता : जूलियस एक्का

माता : मरियम एक्का

पुत्र : अल्बर्ट एक्का, सबियल एक्का-दिवंगत,

सिलबेस्टर एक्का व फरदीन एक्का

अल्बर्ट एक्का का जन्म : 13 जनवरी, 1938

प्रचलित तिथि : 27 दिसंबर, 1942

शहीद : 3 दिसंबर, 1971

पत्नी : बलमदीना एक्का

पुत्र : विनसेंट एक्का

पुत्रवधू : रजनीकांता एक्का

पोता-पोती : संध्या एक्का, मनीषा, अनुज एक्का व डिजॉन एक्का

भूमिका

सन् 1971 के मार्च महीने से लेकर दिसंबर तक के नौ महीनों के मुक्तियुद्ध का परिणाम है बांग्लादेश। मार्च के महीने में ही स्थितियाँ बिगड़नी शुरू हो गई थीं। पूर्वी और पश्चिमी पाकिस्तान के बीच कड़वाहट और तेज हो गई थी। लंबे समय से दोनों क्षेत्रों के बीच चली आ रही कड़वाहट 1970 में चुनाव में दिखाई दी, जब मुजीबुर्रहमान को भारी बहुमत मिला। इस जीत ने बांग्लादेश के सपने को पंख दिए। 1971 में 'बलूचिस्तान का कसाई' नाम से कुख्यात लेफ्टिनेंट टिक्का खान को पूर्वी पाकिस्तान का गवर्नर नियुक्त कर दिया। इसने आग में घी का काम किया। पाकिस्तानी सेना को पूर्वी पाकिस्तान में श्रीलंका के रास्ते गोपनीय ढंग से अधिक-से-अधिक संख्या में भेजा गया। मेजर जनरल शुभी सूद ने अपनी पुस्तक 'फील्ड मार्शल सैम मानेकशॉ' में लिखा है। 23 मार्च, 1971 को 'पाकिस्तान दिवस' पर जब पाकिस्तान के राष्ट्रपति ढाका में थे, उस वक्त बांग्लादेश की स्वतंत्रता की प्रस्तावना अवामी लीग द्वारा की जा रही थी और पूरे पूर्वी पाकिस्तान में बांग्लादेश का झंडा फहराया जा रहा था। 25 मार्च, 1971 को याहिया खान के इसलामाबाद रवाना होने पर पूर्वी पाकिस्तान में जनरल टिक्का खान ने सैन्य दमन-चक्र शुरू कर दिया और उसी शाम शेख मुजीबुर्रहमान ने 'बांग्लादेश के पीपुल्स रिपब्लिक' की घोषणा कर दी और अपने

समर्थकों को प्रेरित किया कि वे हर प्रकार से पाकिस्तानी सशस्त्र बलों का प्रतिरोध कर उसके शासन को समाप्त करें। उसी रात उन्हें गिरफ्तार कर लिया गया और युद्ध की नींव तैयार कर दी गई। प्रस्तावना 26 मार्च, 1971 से ही प्रभावी थी, लेकिन उसकी औपचारिक घोषणा 10 अप्रैल, 1971 को हुई। इस तरह हर साल बांग्लादेश 26 मार्च को अपना स्वतंत्रता दिवस मनाता है।

16 दिसंबर को विजय दिवस मनाने के पीछे वही कारण है, जब 3 दिसंबर की शाम से 16 दिसंबर तक चली लड़ाई में 16 को उसे आजादी मिली। 1947 से 1971 तक पश्चिमी पाकिस्तान के शोषण से बांग्लादेश कराहता रहा। इस युद्ध में भारत ने बांग्लादेश का साथ दिया। इस युद्ध में भारत के 3,630 सैनिक शहीद हुए, 213 लापता और करीब दस हजार सैनिक घायल हुए। 16 दिसंबर, 1971 को ढाका के रेसकोर्स मैदान में पाकिस्तान ने संयुक्त सेनाओं के सामने आत्मसमर्पण कर दिया। बांग्लादेशी लेखक सलाम आजाद ने लिखा है—"भारत के सहयोग और सहायता के बिना बांग्लादेश की स्वतंत्रता असंभव थी।"

राँची से प्रकाशित साप्ताहिक 'आदिवासी' के अंक में संपादक राधाकृष्ण ने 'बांग्लादेश के अभ्युदय से भारत को लाभ' में लिखा है, 'यह लड़ाई तो केवल चौदह दिनों में समाप्त हो गई, लेकिन तनातनी बहुत पहले से चली आ रही थी। झड़पें होतीं, लोग मारे जाते, नुकसान होता। अनुमान है कि 14 दिनों में भारत को एक अरब रुपए के सैनिक उपकरणों की हानि हुई है। उसी प्रकार एक अरब का नुकसान कृषि, वाणिज्य, हवाई अड्डा, इमारतों आदि का आँका जा सकता है।' राधाकृष्ण ने लाभ भी गिनाया था, 'लेकिन 44 साल बाद वह लाभ अब हानि में बदलता दिख रहा है। उन्होंने आशा जताई थी कि 'सर्वोपरि लाभ तो यही होगा कि हमारे देश को एक सच्चा मित्र मिल

गया है, जिसके वक्त पर हम काम आए हैं और वह भी हमारे वक्त में काम आएगा।' आगे कुछ कहने की जरूरत नहीं। इस 14 दिन के युद्ध में झारखंड का भी अहम योगदान रहा। अल्बर्ट एक्का सहित दो दर्जन सैनिक शहीद हुए, हालाँकि यह सूची बड़ी भी हो सकती है, लेकिन जानकारी इतनी ही है। उस समय की तत्कालीन बिहार की सरकार ने और शहीद सैनिकों को खोजने की बात कही थी, लेकिन वह आज तक खोज नहीं पाई। 'आदिवासी' के उसी अंक में सुरेशचंद्र मिश्र ने 'बंग विजय की नींव : आदिवासी जीवन ईंट' में लिखा है—'बांग्लादेश में जैसोर की लड़ाई मुख्य थी। इस युद्ध में बिहारी सेना आगे थी। उसने जो अद्भुत युद्ध कला दिखाई, वैसे उदाहरण बहुत कम हैं। यद्यपि इस युद्ध में बहुतों ने वीर गति पाई, पर जैसोर पर अधिकार कर ही लिया।...जैसोर के युद्ध में हम अपने आदिवासियों के युद्ध कौशल और उनके बलिदान को भूल नहीं सकते। देखने में सादे एवं सरल हृदय के होते हुए भी शत्रु के सामने पर्वत की तरह अडिग और फौलाद की तरह कठोर ये बन जाते थे। 'परमवीर चक्र' से विभूषित हमारे अल्बर्ट एक्का देश की महान् विभूति और महान् शक्ति बन गए। भारत माँ के ऐसे ही सपूतों का बलिदान बंग-विजय की नींव है। इनके रक्त से सनी भूमि पर बांग्लादेश का विजय स्तंभ खड़ा है। जिस विजय स्तंभ पर हमारे क्षेत्रीय सेनापति जगजीत सिंह अरोड़ा ने बंगध्वज फहराया, उस विजय स्तंभ की नींव में हमारे आदिवासियों की जीवन-ईंट कम नहीं है ?'

यह कहानी उसी अल्बर्ट एक्का की है। अल्बर्ट ने 1962 के चीन के साथ युद्ध में भी भाग लिया और 1971 के युद्ध में भी, लेकिन 1971 के युद्ध में वे शहीद हो गए। 44 साल बाद उनकी मिट्टी उनके गाँव आई और 46 साल बाद उनकी कथा लिपिबद्ध की जा रही है। 44-46 सालों में शंख और महानंदा में न जाने कितना

पानी बह गया। परमवीर के संगी-साथी उनके बचपन की यादें-बातें बताने को रहे नहीं। गाँव वैसे ही है, जैसे वे छोड़ गए हैं। परमवीर का परिवार संघर्ष करते हुए आगे बढ़ता रहा। बेटे को तीन साल पहले लिपिक की नौकरी लगी। पोते-पोतियाँ पढ़ रहे हैं। पोते भी सेना में जाना चाहते हैं। आती-जाती सरकारों ने घोषणाएँ खूब की, लेकिन हमें समझना चाहिए कि वे पूरा करने के लिए नहीं करती हैं। यह उनका काम है।

मैं दावा नहीं कर सकता कि यह अल्बर्ट एक्का की पूरी कहानी है। यह कहानी तो अभी शुरू हुई है। इसमें और कहानियाँ जुड़ती चली जाएँगी। जिन्हें इस कहानी का कोई प्रसंग याद है, वह इसमें जरूर जोड़ेंगे और अधूरी कहानी को पूरी करने की कोशिश करेंगे।

एक बात और, बांग्लादेश युद्ध के दौरान देश की हिंदी पत्र-पत्रिकाओं ने भी खूब लिखा। साप्ताहिक हिंदुस्तान व धर्मयुग 1971 के मार्च से ही युद्ध पर सामग्री देने लगे थे। इन पत्रिकाओं में काफी कुछ बिखरा है। इनके अध्ययन की जरूरत है। इनमें से तीन लेख यहाँ परिशिष्ट में दिए गए हैं। इसमें डॉ. शिवप्रसाद सिंह का एक लेख, डॉ. धर्मवीर भारती का चर्चित यात्रा वृत्तांत है और एक रिपोर्ट। इन तीनों रचनाओं से गुजरते हुए पाठक उस समय के कराह, द्वंद्व, संघर्ष और नरसंहार को भीतर तक महसूस कर सकेंगे। एक ही धर्म के माननेवाले कैसे एक-दूसरे के खून के प्यासे हो गए थे। दुनिया में यह अकेला युद्ध था, जिसकी पृष्ठभूमि में धर्म नहीं, भाषा थी। धर्म के आधार पर बँटा यह देश भाषा के कारण अलग हो गया।

अंत में, इतना ही कहना है कि इस कहानी के लेखन में यत्किंचित, जिन्होंने भी सहयोग किया है, उनके प्रति आभार। बॉबी ने गाड़ी उपलब्ध कराई, जिस पर सवार होकर हम यानी बॉबी, परवेज पहली बार अल्बर्ट

एक्का के गाँव गए, स्कूल देखा, वह चर्च भी, जहाँ बपतिस्मा हुआ था। उनके परिवारवालों से मिले। बातें कीं। अजय नायक ने भी सहयोग किया। अब यह कहानी कैसी बन पड़ी है, यह आप ही बताएँगे। आपके सुझाव व प्रतिक्रिया की बेसब्री से प्रतीक्षा रहेगी।

पुनश्च : इस बीच दो घटनाएँ घटीं। एक तो अल्बर्ट एक्का की पत्नी बलमदीना एक्का नहीं रहीं। 16 अप्रैल, 2021 को उन्होंने अंतिम साँस ली। जारी गाँव में ही परमवीर अल्बर्ट एक्का की समाधि-स्थल के पास ही उनको दफन किया गया। उनका सपना अधूरा ही रह गया। वह चाहती थीं कि गाँव में उनकी एक भव्य समाधि बने। इस सपने के साथ ही वे विदा हुईं, लेकिन इस बीच दूसरी घटना यह हुई कि अल्बर्ट एक्का के नाम पर अंडमान निकोबार में एक द्वीप का नामकरण किया गया। इस खुशखबरी को सुनने के लिए वे जीवित नहीं रहीं। पर, केंद्र सरकार की इस पहल से परिवार के सदस्य प्रसन्न हैं।

—संजय कृष्ण

30 जनवरी, 2023

अनुक्रम

परिशिष्ट

1
गुमला की कहानी

गुमला अब जिला बन गया है। पहले यह राँची का हिस्सा था, लेकिन 1834 से पहले राँची नाम का भी कोई अस्तित्व नहीं था। लोग चुटिया के नाम से ही जानते थे। चुटिया नागवंशी राजाओं की राजधानी रही थी। चुटिया और नागवंशी राजाओं के कारण इसे छोटा नागपुर कहा गया। यह अंग्रेजों ने अपनी सुविधा के लिए किया था। पहले से ही महाराष्ट्र में एक नागपुर था। इसलिए इसे छोटा नागपुर कहा जाने लगा। वर्तमान राँची का पूरा इलाका ही तब लोहरदगा जिले में समाहित था, लेकिन अंग्रेजों को शासन चलाने में काफी दिक्कत होती थी। सो, उन्होंने राँची को अपना केंद्र बनाया। यहाँ से शासन करना उनके लिए आसान था। अंग्रेजी सरकार लगातार विद्रोह का सामना कर रही थी। इसलिए उसे शासन चलाने के लिए एक सुरक्षित स्थान की जरूरत थी। राँची उनके लिए मुफीद जगह थी, क्योंकि यह चारों तरफ से पहाड़ों से घिरी है और काफी ऊँचाई पर बसी है। इसलिए, 1833 में राँची, हजारीबाग, पलामू, सिंहभूम, मानभूम मिलाकर साउथ वेस्ट फ्रंटियर एजेंसी 'कमिश्नरी' की स्थापना की। इसके अगले साल, 15 जनवरी, 1834 को इसका कार्यालय राँची में स्थापित कर दिया गया। कैप्टन थामस विल्किंसन एजेंसी के प्रथम एजेंट नियुक्त किए गए।

प्रशासनिक दृष्टि से छोटा नागपुर को दो भागों में बाँट दिया गया। एक दक्षिणी छोटा नागपुर प्रमंडल और दूसरा उत्तरी छोटा नागपुर प्रमंडल। दक्षिणी छोटा नागपुर प्रमंडल में राँची जिले से ही समय-समय पर लोहरदगा, खूँटी, गुमला, सिमडेगा जिला बने, यानी जब अल्बर्ट एक्का पैदा हुए, तब गुमला जिला नहीं, राँची का एक अनुमंडल था। गुमला का अस्तित्व 18 मई, 1983 को आया। लोहरदगा भी इसी साल राँची से अलग होकर जिला बन गया। सिमडेगा राज्य बनने के बाद 2001 में जिला बना और खूँटी जिले का निर्माण 12 सितंबर, 2007 को हुआ।

शंख नदी

सन् 1895 में मिशन इंस्पेक्टर काउश व मिशनरी एफ हान ने एक मोनोग्राफ जर्मन के गॉथिक लिपि में लिखा था—'उन्नीसवीं सदी का आँखों देखा चुटिया नागपुर (1845 से 1895 तक)'। उस समय यह चुटिया नागपुर कहलाता था। पुस्तक में उल्लेख है कि चुटिया नागपुर राजनीतिक दृष्टि से पाँच जिलों, आठ सब-डिवीजन और नौ कचहरियों में

बँटा था। लोहरदगा को उस समय खास चुटियानगर कहा जाता था। इसके अलावा अन्य जिले थे—हजारीबाग, पलामू, मानभूम, सिंहभूम। हालाँकि कुछ लोग बताते हैं कि पलामू सन् 1892 तक लोहरदगा सदर के अंतर्गत था। मार्च 1899 तक लोहरदगा एक जिले के रूप में था। बाद में इसे राँची में मिला दिया गया और फिर 17 मई, 1983 को फिर जिला बना दिया गया। चूँकि लोहरदगा एक प्राचीन व्यापारिक केंद्र भी था, इसलिए अंग्रेजों ने भी इसे अपना प्रशासनिक केंद्र बनाया। यहाँ दूर-दूर से व्यापारी आते थे। सरगुजा, जशपुर, चतरा, पलामू और न जाने कहाँ-कहाँ से। इसके नाम के पीछे सभ्यता की झलक देख सकते हैं। लोहर दगा, यानी जहाँ लोहा गलाया जाता हो। असुर इस अंचल में फैले हुए थे, जो लोहा गलाने में निपुण थे, हालाँकि कुछ लोग इसे मुंडारी शब्द बताते हैं। उनका कहना है कि मुंडारी भाषा में लोहरदगा का नामकरण 'लोर-अ-दगा' के रूप में किया गया है, जिसका शाब्दिक अर्थ है—'नदी के किनारे का गाँव'। नदी के किनारे के इस गाँव (लोहरदगा) का उल्लेख जैन साहित्य में भी बिहार के उन स्थानों के साथ मिलता है, जहाँ भगवान् महावीर ने पदार्पण किया था। तब इसका नाम 'लोहग्गल' के रूप में मिलता है। 'आइने अकबरी' में इसे 'किस्मते-लोहरदगा' के नाम से पुकारा गया है। डॉ. जगदीश चंद्र जैन का कहना है कि जैन धर्म के 24वें तीर्थंकर भगवान् महावीर ने पधारकर लोहरदगा की भूमि को पवित्र किया था, लेकिन राँची के प्रशासनिक केंद्र बनने से लोहरदगा का वह प्राचीन गौरव जाता रहा और बाद में तो उसे राँची के अधीन कर दिया गया और फिर लंबे समय बाद उसे फिर से जिला बनाकर राँची से अलग कर दिया गया। राज्य गठन के बाद राँची को राजधानी बना दिया गया तो तरक्की होना स्वाभाविक है। वैसे प्रकृति ने भी राँची पर खुलकर अपना प्यार लुटाया है। अंग्रेजों ने इसे हिल स्टेशन बनाने में कोई कोर-कसर नहीं छोड़ी। अंग्रेजों का ध्यान जाने के बाद भद्र बंगालियों ने अपनी-अपनी कोठियाँ यहाँ बनवा डालीं और गरमी में उनका

समय यहीं व्यतीत होता था। राँची शहर के चारों तरफ पहाड़ हैं और जिधर निकल जाइए, झरने जरूर मिल जाएँगे। खैर राँची से जब लोहरदगा अलग हुआ तो कुछ दिन बाद 18 मई, 1983 को गुमला अनुमंडल को भी राँची से अलग कर जिला बना दिया गया। गुमला बना तो सिमडेगा भी उसका एक अनुमंडल बन गया, जिसे 2001 में गुमला से अलग कर जिला बना दिया गया। 6 साल बाद राँची को और छोटा कर दिया गया और 12 सितंबर को राँची के एक अनुमंडल खूँटी को अलग कर 2007 में जिला बना दिया गया। इस तरह राँची का भूगोल छोटा कर दिया गया।

जारी गाँव में अल्बर्ट एक्का के नए घर का पिछला हिस्सा

आज गुमला जिले का क्षेत्रफल 5,327 वर्ग किमी. है और 2011 की जनगणना के अनुसार गुमला की जनसंख्या 1,025,656 है। गुमला की साक्षरता दर 66.92 प्रतिशत है। महिला पुरुष अनुपात यहाँ पर 993 महिलाएँ प्रति 1,000 पुरुषों पर है। गुमला झारखंड के दक्षिण पश्चिमी भाग का जिला है। इसीलिए इसके पश्चिम और दक्षिण पश्चिम की तरफ

छत्तीसगढ़ है। गुमला की समुद्रतल से ऊँचाई 652 मीटर है। गुमला राँची से 94 किमी. दक्षिण पश्चिम की तरफ सिमडेगा-गुमला-राँची मार्ग पर स्थित है और देश की राजधानी दिल्ली से 1230 किमी. दक्षिण पूर्व की तरफ है और यह राष्ट्रीय राजमार्ग 19 पर है। गुमला के उत्तर में लोहरदगा जिला है। पूर्व में राँची, दक्षिण पूर्व में खूँटी व दक्षिण में सिमडेगा तथा दक्षिण पश्चिम में छत्तीसगढ़ के जिले हैं, जो कि क्रमशः जशपुर जिला और सरगुजा जिले हैं।

गुमला में पग-पग पर प्रकृति का सौंदर्य बिखरा पड़ा है। घने जंगलों, पहाड़ों और नदियों का अनुपम सौंदर्य है। इसके नाम के बारे में कई तरह की किंवदंतियाँ भी प्रचलित हैं। कहा जाता है गुमला शब्द मुंडारी है, जिसका अर्थ स्थानीय जनजातियों द्वारा चावल निकालने की प्रक्रिया 'धान-कूटना' है, जो लोकप्रिय है। दूसरी कथा 'गौ-मेला' पशु मेले से संबंधित है। साप्ताहिक पशु मेला, जो मंगलवार को गुमला शहर में आयोजित किया जाता था। ग्रामीण क्षेत्रों में, नागपुरी और सादरी लोग अभी भी इसे गोमिया कहते हैं। हिंदू पौराणिक कथाओं के अनुसार गुमला हिंदू देवता हनुमान का जन्मस्थान माना जाता है। इसलिए हनुमान और उनकी माँ का एक मंदिर गुमला में है। इसे 'आंजन धाम' कहा जाता है। यह गुमला के टोटो के निकट है। यहीं पर धमधमियाँ पहाड़ है, जिसके ऊपर चढ़ने पर धम-धम की आवाज आती है। इस आंजन गाँव में 350 तालाब व इतने ही शिवलिंग थे। अब कुछ ही बचे हुए हैं। गुमला में ही टाँगीनाथ मंदिर भी है। जिले से करीब 75 किमी. उत्तर पश्चिम दिशा में डुमरी प्रखंड के मझगाँव के निकट टाँगीनाथ की पहाड़ी के ऊपर स्थित है। प्रखंड मुख्यालय डुमरी से मंदिर की दूरी 9 किमी. है। इस मंदिर के पूरब में मझगाँव, पश्चिम में लुचुटपाट, उत्तर में कनिडरा एवं लिरिया चुंआ व दक्षिण में महुआडीह नामक स्थान है। जिला मुख्यालय गुमला से एक पक्की सड़क करीब दो किमी. दक्षिण जाने के बाद उत्तर-पश्चिम

दिशा की ओर मुड़ जाती है। यहाँ से नवाटोली और नवाटोली से मझगाँव। मझगाँव मोड़ से टाँगीनाथ चार किमी. दूर है। पहाड़ी की चोटी से आधी दूरी पर प्राचीन पकी ईंटें बड़ी संख्या में बिखरी हैं। पहाड़ी की चोटी पर पकी ईंटों से निर्मित मंदिर के भग्नावशेष मौजूद हैं। इसके निकट देवी-देवताओं की मूर्तियाँ, वास्तु-खंड, शिवलिंग व अन्य पुरावशेष व लोहे का एक प्राचीन त्रिशूल भी विद्यमान है। त्रिशूल की लंबाई 7 फीट पाँच इंच है। चौड़ाई सवा छह इंच। पर, अधिकतम चौड़ाई साढ़े 11 इंच है। त्रिशूल के ऊपरी दोनों भाग तलवार के समान हैं। जिसकी लंबाई, चौड़ाई एवं मोटाई क्रमशः पाँच फीट नौ इंच एवं सात इंच है। त्रिशूल की ऊँचाई भूमि से 11 फीट के लगभग है। इसका कितना भाग जमीन के नीचे है, इसकी जानकारी किसी को नहीं है। मंदिर के पुजारी व स्थानीय लोगों का अनुमान है कि त्रिशूल की कुल लंबाई 17 फीट से अधिक है। इसमें कोई जोड़ नहीं है। केवल ऊपरी भाग को जोड़ा गया है।

चैनपुर में विसेंट एक्का का मकान

हजारों सालों से यह खुले आसमान के नीचे है, लेकिन आज तक इसमें जंग नहीं लगी। टाँगीनाथ पहाड़ पर शिवलिंग के अलावा दुर्गा, महिषासुरमर्दिनी, भगवती, लक्ष्मी, अर्धनारीश्वर, उमा-महेश्वर, सूर्यदेव, हनुमान, विष्णु, शिव की मूर्तियाँ, वृषभ, सिंह, गज आदि की पत्थरनिर्मित प्रतिमाएँ, भवन के हिस्से मौजूद हैं। सुंदर पत्थरों को तराशकर शिवलिंग बनाए गए हैं, जो काफी संख्या में बिखरे पड़े हैं। बताया जाता है कि जशपुर राजा के पूर्वजों ने इस स्थल पर मंदिर का निर्माण कराया था, जिसका जीर्णोद्धार मझगाँव के राजा ने कराया था। इन्होंने ही ईंटों से चहारदीवारी बनवाई थी। इसके अलावा एक झोंपड़ीनुमा मकान बनवाया था, जहाँ कुछ मूर्तियाँ रख दी गई हैं। इसे देवी मंदिर कहा जाता है। यह आस्था का केंद्र है। दूर-दूर से लोग यहाँ दर्शन करने आते हैं।

गुमला के कोराम्बे गाँव में वासुदेव का मंदिर है। यह घाघरा प्रखंड में पड़ता है। छोटा नागपुर के प्राचीन स्थलों में इसे शुमार किया जाता है। इस स्थल की गणना पौराणिक, धार्मिक और ऐतिहासिक दृष्टि से की जाती है। एक तो यह प्राचीन मंदिर है, दूसरे यह स्थल रकसेल और नागवंशी राजाओं से भी जुड़ा है। कहा जाता है कि दोनों के बीच यहाँ संघर्ष हुए, जिस कारण इसे लोग हल्दीघाटी भी कहते हैं। कहा जाता है कि सबसे पहले यहाँ कोल तेली राजा का राज था, फिर यहाँ रकसेल आए। रकसेलों का छत्तीसगढ़ में राज था और इन्होंने पलामू में राज्य स्थापित कर किले का निर्माण करवाया था, जिसे बाद में राजा मेदिनीराय ने हस्तगत कर उसे और विशाल बनाया। कोरांबे में नागवंशी और रकसेल राजा के बीच भयंकर युद्ध हुए। इस युद्ध में काफी संख्या में सैनिक मारे गए। स्थानीय लेखक भुवनेश्वर अनुज ने नागवंशावली के अध्याय पाँच के हवाले से इसका उल्लेख किया है—"सरगुजा के नृप रकसेला, सैन संग ले कीन्हेसि पेला।

लुटने लगे मुलुक करि रेला, मानहु अपनी जीउ पर खेला। बारह सहस्त्र अस्व असवादा, दल अनेक तसु गने को पाया। रकसेल राक्षस सम आए, राक्षस वंश अहे बुध गाए। उहै भीत अबलादि, यह भीम कर्ण नृप भीम। देव अदेव मनो जुरे, दोउ महाबल सीम।" कोरांबे का यह वासुदेव राय का प्राचीन मंदिर दूसरे मंदिरों से भिन्न है। इसमें यहाँ की परंपरा झलकती है। यह देवीगुड़ी या देवी मंडप की भांति बना हुआ है। वासुदेव राय की प्रतिमा काले पत्थर की बनी है, जो काफी आकर्षक और भव्य दिखती है। मंदिर का शिल्प यहाँ के प्रारंभिक विकास की यात्रा की बानगी भी पेश करता है।

गुमला को 1931–32 के कोल विद्रोह के दौरान प्रमुखता मिली। गंगा महाराज के कारण यह क्षेत्र एक बार फिर 1942 के भारत छोड़ो आंदोलन के दौरान राष्ट्रीय सुर्खियों में आया। गंगा महाराज ने गुमला में एक काली मंदिर के निर्माण में महत्त्वपूर्ण भूमिका निभाई थी। गुमला के चारों ओर पहाड़ों, गुफाओं, चट्टानों और जंगल के साथ अति–प्राचीनकाल से ही रहने योग्य स्थान रहा है। जिले को तीन नदियाँ सींचती हैं। दक्षिण कोयल, उत्तरी कोयल और शंख। गुमला में ही एक हीरादह भी है, जो पर्यटकों को प्रत्येक नववर्ष पर बुलाता है। नववर्ष में यहाँ झारखंड सहित छत्तीसगढ़, ओडिशा और बिहार से सैलानी आते हैं। इसका नामकरण नदी से हीरा मिलने के कारण हीरादह पड़ा। यहाँ नागवंशी राजाओं का गढ़ हुआ करता था। 150 मीटर गहरा व 12 फीट लंबा कुंड कई मायने में महत्त्वपूर्ण है। जिस कुंड से हीरा निकलता था, वह धार्मिक आस्था का केंद्र बना हुआ है। आसपास के गाँव के लोग आज भी अपने आपको नागवंशी राजाओं का वंशज मानते हैं। सिसई प्रखंड में छोटा नागपुर के 48वें महाराजा देवशाह ने 1585 में डोयसागढ़ में एक विशाल किला बनवाया था, जिसके खँडहर आज भी मौजूद हैं। यह किला सौ एकड़ में फैला

हुआ है। इसी प्रखंड में नागफेनी नदी के तट पर नागफेनी किला भी है। इसे नागवंशी राजा ने 1700 ईस्वी में बनवाया था। गुमला की कहानियाँ और भी हैं। यहाँ कई जलप्रपात भी हैं। पग-पग पर प्रकृति का नैसर्गिक सौंदर्य बिखरा पड़ा है। ऐसे ही प्राकृतिक परिवेश में अल्बर्ट एक्का बड़े हुए थे।

□

2

1971 का युद्ध

एक नए देश बांग्लादेश का उदय 16 दिसंबर, 1971 को हुआ। उसके उदय में भारत का अहम योगदान रहा है। पहले यह भारत का ही अंग था, लेकिन 1947 में भारत-पाकिस्तान बँटवारे में यह पाकिस्तान के हिस्से में चला गया। जब 14 अगस्त, 1947 को धर्म के आधार पर पाकिस्तान का जन्म हुआ, तब उसके दो भाग थे। पूर्वी पाकिस्तान एवं पश्चिमी पाकिस्तान। दोनों में एक समानता थी कि दोनों इसलाम को माननेवाले थे, लेकिन दोनों की भाषा एकदम अलग थी। दोनों की संस्कृति भी अलग थी। दोनों में किसी भी स्तर पर सामाजिक, आर्थिक एवं शैक्षणिक समानताएँ नहीं थीं। पूर्वी पाकिस्तान को जो हक मिलना चाहिए, वह नहीं मिल रहा था। 14 अगस्त को जब पाकिस्तान बना, तब पश्चिमी क्षेत्र में सिंधी, पठान, बलोच और मुहाजिरों की बड़ी संख्या थी, जबकि पूर्वी हिस्से में बांग्ला बोलने वालों का बहुमत था।

असमानता, उपेक्षा और हक न मिलने के कारण पूर्वी पाकिस्तान, यानी बांग्लादेश में पश्चिमी शासन के खिलाफ विरोध के स्वर उग्र होने लगे, फिर ऐसा समय आया, जब भारत को बांग्लादेश के साथ खड़ा होना पड़ा। पाकिस्तान की सेना ने 3 दिसंबर, 1971 को संध्या 5.40 बजे भारत पर धावा बोल दिया। अंततः भारत को भी उसी रात युद्ध

धर्मयुग का अंक

की घोषणा करनी पड़ी। 13 दिन तक चले इस युद्ध में 30 लाख लोग मारे गए। दो लाख बांग्लादेशी महिलाएँ–युवतियाँ अत्याचार की शिकार हुईं। बांग्लादेशी लेखक सलाम आजाद ने लिखा कि 'बांग्लादेश के इस स्वतंत्रता संग्राम में 3,630 भारतीय सैनिक शहीद हुए। 213 लोग लापता हो गए। 9,856 लोग घायल हुए। पाकिस्तान को भारत और बांग्लादेश के स्वतंत्रता सेनानियों की संयुक्त सेना से हार स्वीकारने को मजबूर होना पड़ा। पाकिस्तान की इस हार में बांग्लादेश अस्तित्व में आया। 16 दिसंबर, 1971 को ढाका के रेसकोर्स मैदान में पाकिस्तान ने संयुक्त सेनाओं के सामने आत्मसमर्पण किया। भारत को पड़ोसी के तौर पर एक धर्मनिरपेक्ष लोकतांत्रिक देश मिला। कहने की जरूरत नहीं कि भारत की सहायता एवं सहयोग के बिना बांग्लादेश की स्वतंत्रता असंभव थी।'

भारत के बिना बांग्लादेश आजाद नहीं हो पाता, लेकिन उसके इतिहास में भारत का जिक्र बहुत कम मिलता है। सलाम आजाद लिखते हैं—'स्वतंत्रता संग्राम पर अब तक पाँच सौ पुस्तकें प्रकाशित हुई हैं। मुश्किल से ही इन पुस्तकों में भारत के योगदान की चर्चा हुई है।' यही नहीं, लगभग एक करोड़ बंगाली पाकिस्तानी अत्याचार के शिकार हुए और भारत के विभिन्न भागों, खासकर पश्चिम बंगाल, त्रिपुरा, असम, मेघालय में शरण लेने को मजबूर हुए। भारत ने इन एक करोड़ लोगों का भार उठाया। नौ महीने तक इनके भोजन, आवास, चिकित्सा व अन्य सुविधाएँ भारत ने उपलब्ध कराईं। देश की आजादी के बाद तो बहुतेरे यहाँ से चले गए, लेकिन कुछ रह गए।

हालाँकि बांग्लादेश में आजादी को लेकर सुगबुगाहट 1970 में ही शुरू हो गई थी। 1947 में आजादी के बाद पूर्वी हिस्से को सत्ता में कभी उचित भागीदारी नहीं दी गई। हमेशा राजनीतिक रूप से उपेक्षित रखा गया। इसको लेकर लंबे समय से पूर्वी पाकिस्तान में नाराजगी थी। इसी नाराजगी का राजनीतिक लाभ लेने के लिए बांग्लादेश के नेता शेख

धर्मयुग का अंक

मुजीबुर्रहमान ने अवामी लीग का गठन किया और पाकिस्तान के अंदर ही और स्वायत्तता की माँग शुरू कर दी। पश्चिमी पाकिस्तान की हालत भी ठीक नहीं थी। मार्च 1969 में पाकिस्तानी फील्ड मार्शल अयूब खान ने इस्तीफा दे दिया। इसके बाद याहिया खान नए राष्ट्रपति बने और नवंबर 1969 में यह घोषणा कर दी कि पाकिस्तान असेंबली का चुनाव 1970 में किसी समय होगा। यह चुनाव सर्वजनीन मताधिकार पर आधारित और एक ही समय में देश के पूर्वी एवं पश्चिमी दोनों भागों में होगा। 7 दिसंबर, 1970 को पाकिस्तान में चुनाव हुआ। इस चुनाव में शेख के नेतृत्व वाली अवामी लीग पार्टी को पूर्वी बंगाल में पूर्ण बहुमत मिल गया। इस पार्टी को पूर्वी पाकिस्तान की 160 सीटों में से दो सीटों को छोड़कर सभी सीटों पर विजय प्राप्त हुई। उनकी पार्टी पश्चिमी पाकिस्तान में एक भी सीट नहीं जीत सकी। वहीं प्रतिद्वंद्वी दल जुल्फिकार अली भुट्टो की पाकिस्तान पीपुल्स पार्टी ने 138 सीटों में से 81 सीटों पर जीत दर्ज की। मुजीब का पलड़ा भारी था। देश के भावी प्रधानमंत्री के रूप में मुजीब का नाम देखकर भुट्टो ने उनकी नियुक्ति का कड़ा विरोध किया। सबसे पहले उन्होंने अवामी लीग के छह सूत्री कार्यक्रम का विरोध किया।

राष्ट्रपति याहिया खान ने आपसी सहमति बनाने की कोशिश के मद्देनजर हल निकालने की कोशिश की और जनवरी 1971 में वे ढाका गए, लेकिन समझौता हो नहीं पाया। उसी महीने भुट्टो भी ढाका गए और मुजीब से समझौता करने की कोशिश की, लेकिन सफल नहीं हो सके। अंततः मार्च 1971 में लेफ्टिनेंट टिक्का खान को पूर्वी पाकिस्तान का गर्वनर बना दिया गया। यह 'बलूचिस्तान का कसाई' के रूप में कुख्यात था। 23 मार्च, 1971 को पाकिस्तान दिवस पर जब पाकिस्तान के राष्ट्रपति ढाका में थे, उस वक्त बांग्लादेश की स्वतंत्रता की प्रस्तावना अवामी लीग द्वारा की जा रही थी और पूरे पूर्वी पाकिस्तान में बांग्लादेश का झंडा फहराया जा रहा था। इसके बाद तो दमन-चक्र शुरू हो गया

धर्मयुग का अंक

और 25 मार्च की शाम याहिया खान के इसलामाबाद रवाना होने पर जनरल टिक्का ने दमन शुरू कर दिया। उसी शाम मुजीब ने बांग्लादेश के पीपुल्स रिपब्लिक की घोषणा कर दी, यानी आजाद बांग्लादेश। इसे पश्चिमी सरकार सहन नहीं कर सकी और उसी रात उन्हें गिरफ्तार कर लिया गया और इस तरह युद्ध की नींव तैयार हो गई। प्रस्तावना 26 मार्च, 1971 से ही प्रभावी थी, लेकिन उसकी औपचारिक घोषणा 10 अप्रैल, 1971 को हुई। इसके बाद से पश्चिमी पाक की सेना का दमन-चक्र चलने लगा। इस आजादी को पश्चिमी पाकिस्तान की सेनाओं ने क्रूरतापूर्वक कुचल दिया। सेनाओं के नृशंस अत्याचारों की प्रतिक्रिया में जगह-जगह पर दंगे-फसाद शुरू हो गए और इस दमन-चक्र में हजारों बंगाली या तो मारे गए या कैद कर लिए गए। शेख मुजीबुर्रहमान को भी बंदी बना कर पश्चिमी पाकिस्तान भेज दिया गया और अवामी लीग को अवैध घोषित कर दिया गया। इसी बीच पाक सेनाध्यक्ष जनरल याहिया खान राष्ट्रपति जनरल अयूब खाँ को गद्दी से उतार स्वयं सत्ता सँभालकर पाकिस्तान के प्रेसिडेंट बन गए। पूर्वी बंगाल में पाक सेना के अत्याचारों से त्रस्त जनता ने भारत की ओर शरण के लिए भागना शुरू किया और लगभग एक करोड़ शरणार्थी पूर्वी बंगाल से भारत आ पहुँचे। इससे भारत की अर्थव्यवस्था पर बुरा असर पड़ा। प्रधानमंत्री इंदिरा गांधी ने बार-बार अपील की कि दोनों पक्ष समझौता कर सामान्य स्थिति बनाएँ, ताकि भारत में आए विस्थापित शरणार्थी पूर्वी बंगाल वापस लौट सकें। परंतु इन अपीलों से पाकिस्तानी राष्ट्रपति के कानों में जूँ तक नहीं रेंगी।

भारत का प्रभावित होना स्वाभाविक था। अप्रैल 1971 के अंत तक भारतीय प्रधानमत्री इंदिरा गांधी ने भारतीय सेनाध्यक्ष सैम मानेकशॉ से भारत के पाकिस्तान से युद्ध करने की तैयारी के बारे में चर्चा कर ली थी। नवंबर 1971 तक की परिस्थितियों को देखते हुए युद्ध अपरिहार्य सा प्रतीत हो रहा था, जिसके बारे में सोवियत संघ ने पाकिस्तान को चेतावनी भी दी

देखते-देखते बांगला देश की गलियों और सड़कों पर घमासान युद्ध छिड़ गया. मुजीब-याहिया वार्ता के दौरान बैरकों में भेज दी गयी पाकिस्तानी सेनाएं पुनः टैंकों, तोपों और मशीनगनों से बाहर ढाका सड़कों पर निकल आयी. (चित्र ऊपर : २५ मार्च को एक सैनिक टुकड़ी ढाका का चक्कर लगाती हुई) तथा चारों तरफ पुनः कर्फ्यू का साम्राज्य छा गया. (चित्र दायें : २५ मार्च को जीप पर मशीनगनें ताने लाउडस्पीकर से ऐलान करती हुई सेना सड़कों पर घूम रही है.) पाकिस्तानी सैनिकों ने धुआंधार गोलाबारी कर कई हजार व्यक्तियों को मौत के घाट उतार दिया (चित्र : नीचे : सड़क पर लावारिस पड़ी हुई लाश) तथा तमाम स्थानों पर आग लगा दी. (चित्र : एकदम नीचे दायें : ढाका विश्वविद्यालय के आसपास के क्षेत्रों से उठता हुआ आग का विशाल धुआं.)

दायीं तरफ के दोनों चित्र एसोसियेटेड प्रेस के फोटोग्राफर टेड कोपेल ने, जिन्हें अन्य विदेशी पत्रकारों के साथ ही होटल से बाहर निकलने पर गोली मार देने का आदेश दिया गया तथा बाद में निष्कासित कर दिया गया, होटल इंटरकांटिनेंटल की खिड़की से लिये और किसी तरह सेंसर और कड़ी तलाशी के बावजूद बाहर भेजने में सफल हो गये.

(अन्य चित्र पृष्ठ २३ व विशेष विवरण पृष्ठ १४ पर देखें)

धर्मयुग का अंक

थी। इस चेतावनी को उस समय पाकिस्तान की एकता और अखंडता के लिए आत्मघाती मार्ग कहा गया था। 23 नवंबर को पाकिस्तानी राष्ट्रपति याहिया खान ने पूरे पाकिस्तान में आपातकाल की घोषणा कर दी तथा अपने लोगों को युद्ध के लिए तैयार रहने का आह्वान किया। 3 दिसंबर की शाम लगभग 5.40 बजे पाकिस्तान वायुसेना (पी.ए.एफ.) ने भारत-पाकिस्तान सीमा से 300 मील (480 किमी.) दूर बसे आगरा सहित उत्तर-पश्चिमी भारत के 11 वायुसेना बेसों पर अप्रत्याशित रिक्ति पूर्व हमले कर दिए। इस हमले के समय विश्वप्रसिद्ध ताजमहल को घास-फूस व पत्तियों, बेलों व लताओं से ढककर गंदे कपड़ों से घेर दिया गया था, क्योंकि उसका श्वेत संगमरमर रात्रि की चाँदनी में श्वेत मार्गदर्शक की भाँति चमकता था। उसी शाम, राष्ट्र के नाम एक संदेश में प्रधानमंत्री इंदिरा गांधी ने कहा कि ये हवाई हमले पाकिस्तान की ओर से भारत पर युद्ध की घोषणा है। उसी रात को भारतीय वायुसेना ने पहली बार जवाबी हवाई काररवाई कर दी। अगले दिन इन जवाबी हमलों को वृहत स्तर के हवाई आक्रमण में बदल दिया गया।

3 दिसंबर को 14 गार्ड्स की तैनाती गंगा सागर में की गई थी और अल्बर्ट एक्का लांस नायक थे। अल्बर्ट पहली रात ही सैकड़ों भारतीय सैनिकों को बचाते हुए शहीद हो गए।

गजट ऑफ इंडिया नोटिफिकेशन नं. 7 प्रेस-72 में उनकी प्रशस्ति में लिखा गया—

"पूर्वी सीमा पर गंगा सागर में दुश्मन के सुरक्षा ठिकाने पर हमला करने की भारत की योजना थी। सुरक्षा गार्ड्स ब्रिगेड की बटालियन में लेफ्ट फारवर्ड की कंपनी में लांस नायक अल्बर्ट एक्का तैनात थे। जहाँ भारत को धावा बोलना था, वह दुश्मन का एक मजबूत गढ़ था। भारत की आक्रमणकारी फौज को बमबारी के साथ गोलियों की भारी बौछार का भी सामना करना

धर्मयुग का अंक

पड़ रहा था, फिर भी उसके सिपाही आगे बढ़कर आमने-सामने की मुठभेड़ कर रहे थे।

ऐसे में अल्बर्ट एक्का ने देखा कि दुश्मन की ओर से लाइट मशीनगन से होनेवाली गोलाबारी ज्यादा नुकसान पहुँचा रही है। यह देखकर अपनी जान की परवाह किए बिना अल्बर्ट ने दुश्मन के उस बंकर पर धावा बोला, दुश्मन के दो जवानों को संगीन से मार गिराया और इस तरह से लाइट मशीनगन का कहर खामोश कर दिया।

इस काम को निभाने तक अल्बर्ट एक्का काफी घायल हो गए थे, फिर भी उन्होंने खुद को युद्ध से परे नहीं किया और अपने साथियों के साथ शामिल होकर गोलियाँ दागते रहे। उनका लक्ष्य दूर था, लेकिन यह एक के बाद एक बंकर बड़ी बहादुरी से पार करते जा रहे थे।

लक्ष्य के उत्तरी सिरे से, जहाँ एक गढ़ दुश्मन ने बना रखा था, उसकी ऊपरी मंजिल से एक फौजी ने मीडियम मशीनगन से गोलियाँ दागनी शुरू कर दीं, जिससे बहुत से भारतीय सैनिक हताहत हो गए। तब, एक बार फिर इस बहादुर जवान, लांस नायक अल्बर्ट एक्का ने गंभीर रूप से घायल होने के बावजूद, दुश्मन की भीषण गोलाबारी के बीच से, बिना अपनी सुरक्षा का ख्याल किए अपना करिश्मा दिखाया।

अल्बर्ट एक्का जमीन पर रेंगते हुए उस गढ़ तक गया और उसने उसके बंकर में एक ग्रेनेड फेंक दिया। अल्बर्ट के इस निशाने से दुश्मन का एक सिपाही मारा गया और दूसरा बुरी तरह जख्मी हो गया, लेकिन मीडियम मशीनगन फिर भी गोलियाँ उगलती रहीं। अपनी पूरी हिम्मत तथा हौसले के साथ अल्बर्ट एक्का ने उस गढ़ की एक दीवार फाँदते हुए बंकर

में प्रवेश किया और अपने बैनेट से उस मशीनगन दागनेवाले सिपाही को मौत की नींद सुला दिया। अल्बर्ट के इस कारनामे में भारतीय सेना पर होनेवाली गोलाबारी पर रोक लग गई।

अपने इन कारनामों से अल्बर्ट ने अपना लक्ष्य पूरा तो कर लिया, लेकिन उसके बाद उनके जख्मों ने उनके प्राण ले लिए।

अल्बर्ट एक्का ने इस तरह दृढ़ निश्चय तथा हद दर्जे की बहादुरी का प्रदर्शन किया और अपने सर्वस्व बलिदान से सेना की परंपरा का निर्वाह कर दिखाया।"

और, इस बहादुरी के लिए लांस नायक अल्बर्ट एक्का-14 गाड्र्स (नं. 4239746) को 26 जनवरी, 1972 को 'परमवीर चक्र' से सम्मानित किया गया।

बांग्लादेश के अभ्युदय पर झारखंड में भी प्रतिक्रिया हुई। यहाँ भी उत्साह कम नहीं था। हालाँकि उस समय की प्रसिद्ध पत्रिकाएँ साप्ताहिक हिंदुस्तान और धर्मयुग तो हर सप्ताह वहाँ की खबरें देती थीं। राँची से प्रकाशित 'आदिवासी' साप्ताहिक भी अछूता नहीं था। कवयित्री रोज टेटे ने कविता लिखी—'जय मिली देश को, हार गया दुश्मन। जन्मा नया देश, नया सूर्य उदित हुआ, नए वर्ष में।' रामकृष्ण प्रसाद उन्मन ने विजय गीत लिखा—'लोकतंत्र की विजय हो गई, हार गई है तानाशाही, हम आगे बढ़ते जाते हैं, हर पग पर है विजय हमारी··।' आदिवासी पत्रिका के संपादक राधाकृष्ण ने एक पेज का लेख लिखा— 'बांग्लादेश के अभ्युदय से भारत को लाभ।' इसी अंक में आचार्य भगीरथ शर्मा ने मुजीब के जीवन-संघर्ष को याद किया—'बांग्लादेश के क्षितिज पर जगमगाता सूरज : मुजीब।' आचार्य ने लिखा—'शेख मुजीब को पाकिस्तानी कैद से बिना शर्त रिहाई करके पाकिस्तानी राष्ट्रपति जुल्फिकार अली भुट्टो ने सद्बुद्धि का काम किया। विश्व के क्षितिज

पर बांग्लादेश का उदय हुआ और बांग्लादेश में नई रोशनी छिटकी। नए सूरज का उदय हुआ···आमार सोनार बांग्ला—आमि तुमा के भालो बासी···गीत के बोल गूँजने लगे।···मुजीबुर्रहमान ने भारत के प्रति चिर कृतज्ञता प्रकट की और एहसान जताया। उन्होंने कहा, पाकिस्तान के साथ किसी प्रकार का संबंध कदापि संभव नहीं।···शेख मुजीबर्रहमान नवोदित बांग्लादेश के क्षितिज पर सूरज की तरह जगमगा रहे हैं।' फिर उनकी जीवनी भी दी। आदिवासी ने इस पर विशेषांक ही प्रकाशित किया था। इसी अंक में वीरेंद्रनाथ ने बांग्लादेश के बारे में लिखा—'बांग्लादेश : एक नजर।' जानकारी दी कि 'बांग्लादेश में 19 जिले हैं, 57 सब-डिवीजन, 427 थाने, और 60 हजार गाँव हैं। 2,500 मील सड़क है और 1,800 मील रेल-लाइन। ढाका के अतिरिक्त इस देश के बड़े नगरों के नाम हैं—चट्टग्राम, खुलना, नारायणगंज आदि। बांग्लादेश में सर्वत्र नदियाँ हैं, तालाब हैं। जिधर आँख उठाइए हर ओर आपको जलाशय ही नजर आएँगे। अधिक जल होने के कारण यहाँ मछली बहुत अधिक होती है। चटगाँव हिल और सुंदरवन है।'

□

3

जारी* का जवान

जारी उस दिन देश के नक्शे पर आ धमका, जिस दिन इस गाँव का एक जवान देश के लिए शहीद हो गया। लोग उसे 'अल्बर्ट एक्का' पुकारते थे। यह जारी उसी का गाँव है। यहीं पर उसका बचपन बीता। जवानी में कदम रखते ही सेना में चला गया। सेना में जाने की रवायत इस गाँव की खासियत रही है। प्राय: हर घर में कोई-न-कोई सेना में जरूर रहा है। नौकरी के नाम पर यही काम। इसलिए, इस छोटे से उदास गाँव में एक डाकखाना भी है, जो कभी खुशी, कभी गम का पर्चा बाँटता रहता है। यह डाकखाना एक मकान के एक कमरे में चलता है। मकान से सटा एक रास्ता अल्बर्ट के पुश्तैनी घर की ओर आता है और ठीक बगल में अल्बर्ट एक्का के उस घर से जोड़ता है, जो 1995 में पक्का बना था। इसे सरकार की कोल कंपनी सी.सी.एल. ने बनवाया था। आधा-अधूरा मकान बनाकर वह भूल गया कि इसे पूरा भी करना है। इस पक्के मकान में भी आधा कच्चा ही मकान है। एक कच्चा आँगन है। आँगन एक तरह जानवरों के रहने के लिए बनाया गया है और ठीक सामने पक्का मकान है, जिसके ऊपर लिखा है—परमवीर एड़पा जारी, यानी परमवीर का घर।

*गाँव का मूल नाम जड़ी है। यह कुडुख भाषा का शब्द है।

अल्बर्ट का भरा-पूरा परिवार, उनके भाई का परिवार इसी मकान में रहता है। अल्बर्ट एक्का का पुश्तैनी मकान धीरे-धीरे ढह रहा है। जिस मकान में अल्बर्ट की पहली किलकारी गूँजी थी। खपरैल टूट चुके हैं। पीली मिट्टी की मोटी दीवारें धँसती जा रही हैं। घर के अंदर एक कुआँ है, जो अल्बर्ट के चचेरे भाई इस्तेमाल करते हैं। लाल मिट्टी और धूल भरी गाँव में गलियाँ हैं। गलियों से होकर हम उस पुश्तैनी घर में पहुँचे। गाँव में हरियाली है। खेत-खलिहान हैं। आसपास अमराई है। कटहल के पेड़ हैं। एक गाँव की तरह यह भी एक गाँव है। गाँव के बाहर जारी पंचायत का पुराना मकान है। मकान के पास अहाते में अल्बर्ट एक्का की आदमकद बंदूकधारी प्रतिमा लगी है। यहीं पर 3 दिसंबर को गाँव में, जो बहुत बाद में यहाँ स्कूल खुल गया है, पूर्व सैनिकों द्वारा मेला लगाया जाता है। लोग अल्बर्ट को याद करते हैं। इसके बाद फिर भूल जाते हैं। जारी गाँव से प्रखंड बन गया, लेकिन किस्मत तो वही है।

जारी गाँव में सी.सी.एल. द्वारा निर्मित अल्बर्ट एक्का का घर

गाँव में मकानों की दीवारें ईंट की हैं, लेकिन काली मिट्टी से पुती हुई। यहाँ गाँवों में ऐसे ही घर मिलते हैं। साफ–सुथरे। 1971 के बाद न जाने शंख में कितना पानी बह गया और न जाने इस दौरान कितनी ही घोषणाएँ और नारे इस जंगल में गूँजे, लेकिन गाँव की सूरत नहीं बदली। 1971 से 2017 तक गाँव में बिजली के तार जरूर लटक गए और सड़क की नाम पर जरूर एक चौड़ी पट्टी गाँव तक पहुँची है। इस गाँव की सड़क की हालत का अंदाजा इस बात से लगा सकते हैं कि जब चैनपुर से इस गाँव में चार पहिया से गए तो 12 किमी. की दूरी भारी पड़ रही थी। खूबसूरत जंगल के रास्तों से गुजरते हुए घंटा भर का समय लगा। गाँव तक जाने के लिए बीच में शंख नदी है। पहले, इस पर पुल नहीं बना था, लेकिन अब पुल तैयार हो गया है, जिसने सफर को आसान बना दिया है, लेकिन तब, लोग इस नदी को पार कर चैनपुर आते थे और बरसात के समय तो आप कल्पना नहीं कर सकते। इसी गाँव में अल्बर्ट पैदा हुए थे।

अल्बर्ट एक्का का वह घर, जहाँ जन्म उनका हुआ था।
घर के सामने खड़े उनके पुत्र विसेंट एक्का

गाँव के लोग मूलतः खेती ही करते हैं। कुछ सेना में रहे, जो अवकाश ग्रहण करने के बाद गाँव में अपनी खेतीबारी का काम करते हैं। अल्बर्ट के छोटे भाई फरदीन एक्का भी सेना में रहे। उनकी उम्र अब 58 हो रही है। अब खेती-किसानी करते हैं। गाँव में यही रहते हैं। 1994 में सेवानिवृत्त हुए। वह भी उसी पलटन में थे, जिसमें अल्बर्ट थे। अल्बर्ट के बारे में उन्हें बहुत कुछ याद नहीं है, क्योंकि तब वे बहुत छोटे थे। दो बेटे हैं, दोनों घर पर रहते हैं। एक की शादी कर चुके हैं। दो बेटी की शादी उनके कर चुके हैं। एक बेटी अभी बची हुई है, जो राँची में रहकर पढ़ाई करती है।

जारी जवानों का गाँव है। 19 मार्च, 2010 को प्रखंड बन गया। इसमें 60 गाँव आते हैं। आबादी 30 हजार 926 है। यह पहला प्रखंड है, जहाँ सोलर से बिजली जलती है। कुछ ही इलाकों में बिजली है। ग्रामीण विद्युतीकरण के तहत कई गाँवों में बिजली नहीं पहुँची है। कुछ साल पहले एक करोड़ से बनी सड़क टूट गई। यह भी 'विकास' का परिचायक है।

नए घर का मुख्य द्वार

अल्बर्ट इसी गाँव में 13 जनवरी, 1938 को जन्मे। पवित्र हृदय चर्च भिखमपुर के रजिस्टर में यही तिथि अंकित है, हालाँकि सब जगह उनकी जन्मतिथि 2 अप्रैल, 1942 अंकित है। उनके पिता जूलियस एक्का ब्रिटिश फौज में थे और द्वितीय विश्वयुद्ध लड़ चुके थे। जूलियस की पत्नी का नाम मरियम था। इस मरियम के चार बेटे थे। अल्बर्ट सबसे बड़े थे। दूसरे नंबर पर सबियल एक्का, जो अब दुनिया में नहीं हैं। तीसरे नंबर पर सिलबेस्टर एक्का और चौथे नंबर पर फरदीन एक्का। ये दोनों भाई घर पर ही रहते हैं।

अल्बर्ट की शादी छत्तीसगढ़ के जशपुर में हुई थी। किलिंग गाँव का नाम है और पत्नी का नाम बलमदीना खेस। अस्सी पार की बलमदीना अभी जीवित हैं। उनकी माँ का नाम लिपि खेस था। पुनई खेस बाप का नाम। चार भाई थे और चार भाइयों की बलमदीना इकलौती बहन। मोंगू, मतिया, पतरा और जूना ये चार भाई थे, जो अब जीवित नहीं हैं।

बलमदीना की शादी के तीन साल बाद ही अल्बर्ट शहीद हो गए तो घर पर एक लाल रंग की पर्ची आई थी, जिसे बलमदीना तार कहती हैं, उसमें बस यही सूचना थी कि उनके पति देश की लड़ाई में वीरगति को प्राप्त हो गए। इस दुख, दर्द को बलमदीना पी गईं और अपने नन्हे बेटे विनसेंट को पालने में पूरी उम्र लगा दी। विनसेंट ने 12वीं तक पढ़ाई की। नौकरी के लिए लंबी लड़ाई लड़ी। 2013 में चैनपुर ब्लॉक में लिपिक की नौकरी मिली। विनसेंट की पत्नी रजनीकांता लकड़ा जारी गाँव की ही हैं। विनसेंट के चार बच्चे हैं। बेटी संध्या एक्का बी.ए. पार्ट-वन में गुमला में पढ़ रही है। मनीषा दसवीं में पढ़ रही है। बेटे अनुज एक्का ने भी दसवीं की परीक्षा दी है। एक बेटी डिजॉन एक्का छठीं में है। जारी गाँव में अधिकतर ईसाई हैं। कुछ दूसरी जातियों के घर भी हैं।

गुमला में उराँव जनजाति की बहुतायत है। अधिकांश अपना मूल धर्म बदलकर ईसाई हो गए हैं। चैनपुर से जारी गाँव जाते हुए जितने भी

गाँव पड़े या गाँव का रास्ता फूटता था, सबसे पहले विशाल क्रास गड़ा हुआ दिखाई देता था। अखरा की तरह आदिवासी ईसाइयों ने अपना एक अखरा बना लिया है। धर्म बदल गया है, लेकिन संस्कृति नहीं बदली है। उराँव झारखंड की प्रमुख जनजातियों में से एक है।

कब आए ईसाई धर्म प्रचारक

छोटा नागपुर में ईसाई धर्म प्रचारक तब आए जब ईस्ट इंडिया कंपनी ने अपने पैर यहाँ जमा लिए थे, लेकिन यहाँ जो सबसे पहले धर्म प्रचारक आए, वे इंग्लैंड से नहीं, जर्मन से थे। झारखंड में आनेवाले प्रथम चार ईसाई धर्म प्रचारक जर्मन थे। 25 फरवरी, 1845 को कलकत्ता से चलकर 4 नवंबर, 1845 को ये राँची पहुँचे। ये सभी बर्लिन के रेवरेंड जे.एस. गोस्सनर द्वारा भेजे गए थे। इनमें पैस्टर एमिलो स्कोच धर्मशास्त्री थे, अगस्ट ब्रांट और फ्रेडरिक वाच शिक्षक थे, जबकि थियोडोर जैक अर्थशास्त्री थे। राँची आने पर कर्नल आउजले तथा हैनिंग्टन नामक अंग्रेज अधिकारियों ने इनकी सहायता की। छोटा नागपुर के तत्कालीन उपायुक्त कैप्टन जॉन कोलफील्ड के प्रयास से छोटा नागपुर के राजा ने भूमि प्रदान की। उसी जगह पर 1 दिसंबर, 1845 को मिशन की नींव डाली गई। उसका नाम रखा गया, बथसेडा, यानी पवित्र घर। वह स्थान आज बेथेसदा बालिका उच्च विद्यालय के दक्षिण में स्थित है। इसके संस्थापक थे—डॉ. हेकरलिन। 5 साल बाद 9 जून, 1850 को चार आदिवासियों ने ईसाई धर्म स्वीकार कर लिया, हालाँकि डॉ. बी. वीरोत्तम ने लिखा है कि 1846 को ही मिशन को सफलता मिली, जब पाँच लोगों को दीक्षित किया गया। 1855 में गोस्सनर मिशन का राँची में पहला चर्च बना। इसके बाद 1873 में संत पॉल गिरिजाघर बनाया गया। 1911 में जब बंगाल से बिहार अलग हुआ, तब राँची बिहार सरकार की ग्रीष्मकालीन राजधानी बनाई गई और उसके बाद राँची नगर का तेजी से विकास शुरू हुआ।

वीरभारत तलवार ने लिखा कि '1895 तक छोटा नागपुर में 13 मिशन स्थापित हो चुके थे और मुंडा-उराँवों समेत अन्य जनजातियों के 40 हजार व्यक्ति ईसाई धर्म में दीक्षा ले चुके थे।'

जीइएल पंजिका, 2008 के अनुसार, कलीसिया की शुरुआत 25 जून, 1846 को मार्था नामक बालिका के बपतिस्मा से हुई। इसके बाद अन्य बच्चों का भी बपतिस्मा हुआ। पर बड़े स्तर पर 9 जून, 1950 को चार उराँव, 26 अक्तूबर 1851 को दो मुंडा, 01 अक्तूबर, 1855 को नौ बंगाली तथा 8 जून, 1866 को दो खड़िया एवं 10 मई, 1868 को एक हो परिवार का बपतिस्मा किया गया।' इससे धीरे-धीरे ईसाई मतावलंबियों की संख्या बढ़ने लगी। कुमार सुरेश सिंह ने लिखा है कि 1866 में ईसाई धर्म अपनाने वालों की संख्या 1227 थी। दो साल में 12,108 तक पहुँच गई। 1857 में पहले स्वतंत्रता संग्राम में मिशन एवं ईसाइयों को अपने धर्म प्रचार कार्य में धक्का लगा, लेकिन यह क्षणिक ही था।

1869 में जर्मन मिशन में फूट पड़ जाने के कारण दी सोसाइटी ऑफ दी प्रोपोगेशन ऑफ गोस्पेल चर्च का उदय हुआ। खूँटी जिले के मुरहू में इसकी स्थापना हुई। इसका संक्षिप्त इतिहास यह है कि 1857 के विद्रोह में जब पादरी यहाँ से भाग गए तो बाद में कुछ नए पादरी आज के कोलकाता से यहाँ काम के लिए भेजे गए। पुराने और नए पादरियों को यहाँ से हटना पड़ा। कर्नल डाल्टन चाहते थे कि पुराने पादरियों में यहाँ मतभेद हो गया है तो 22 नवंबर, 1868 को पुराने पादरियों को चर्च ऑफ इंग्लैंड में शामिल किया जाए। यही हुआ भी। 17 अप्रैल, 1869 को सात हजार लूथरेन ईसाई एवं उनके 624 प्रतिनिधियों के साथ चर्च ऑफ इंग्लैंड में शामिल हो गए। यहाँ नए पादरियों ने एस.पी.जी. मिशन की स्थापना की। ईसाइयों की बढ़ती आबादी को देखते हुए 1885 में छोटा नागपुर में ईसाई धर्माध्यक्ष, यानी बिशप का पद सृजित हुआ।

19वीं शताब्दी में मुंडा क्षेत्र में ईसाई धर्म प्रचार के मैदान में सबसे बाद में आया रोमन कैथोलिक मिशन, लेकिन इसे सबसे ज्यादा सफलता मिली। 1887 में उन लोगों ने 15 हजार लोगों को ईसाई बनाया। 1897 में यह संख्या 39,567 हो गई और 1900 में 71,270 तक पहुँच गई। इसे रोमन कैथोलिक चर्च भी कहा जाता है। आज पूरे झारखंड में इसे सबसे बड़ा चर्च माना जाता है। इसने सबसे पहले चाईबासा में 1869 में कार्य आरंभ किया। इसके बाद उसने राँची जिले के दक्षिणी पश्चिमी क्षेत्र में काम करना शुरू किया। 1885 में फादर कॉन्सटंट लीवंस ने सबसे पहले आदिवासियों के बीच धर्मांतरण का काम अपने चर्च के लिए किया। इसी ने जमींदारों के विरुद्ध आदिवासियों के हित में जमीन के मुद्दे पर लड़ाई लड़ी। जमीन को लेकर इन्होंने बड़ा काम किया। 1893 को जॉन बैपटिस्ट हॉफमैन की सेवा प्राप्त हुई। खूँटी जिले में सरवदा का सुंदर गिरजाघर आज भी उनकी याद दिलाता है। जंगलों-पहाड़ों के बीच यह विशाल गिरजाघर खड़ा है। हॉफमैन ने इनसाइक्लोपीडिया ऑफ मुंडारिका तैयार की। यह उनकी बड़ी उपलब्धि थी।

द यूनाइटेड फ्री चर्च ऑफ स्कॉटलैंड की झारखंड में 1871 में शुरुआत हुई। इसके चिकित्सक धर्मप्रचारकों ने पचंबा, पालगंज, बारीडी, पोखरिया, गोबिंदपुर, जामडीहा, कोल्हार, गिरिडीह, हारोडीह तथा बरटोली में अपने केंद्र खोले। 1929 में मिशन का नाम बदलकर संताल मिशन ऑफ द चर्च ऑफ स्कॉटलैंड कर दिया गया। अब चर्च के माध्यम से राज्य में ईसाईकरण की प्रक्रिया प्रारंभ हुई। अल्बर्ट एक्का का परिवार भी इस नए धर्म में दीक्षित हो गया था।

फादर कॉन्स्टंट लीवंस

राँची से लेकर गुमला और जशपुर तक ईसाई धर्म को फैलाने में फादर कॉन्स्टंट लीवंस की बड़ी भूमिका रही। वे बेल्जियम से यहाँ आए थे और छोटा नागपुर में सात साल रहे और गाँव-गाँव धर्म प्रचार किया। उन्होंने उराँव जनजातियों को सर्वाधिक ईसाई बनाया। कुल 37 साल की उम्र पाई थी। 16 साल येसु संघी धर्म समाज में रहकर 7 नवंबर, 1893 को अपने देश में दुनिया से विदा हुए।

फादर कॉन्स्टंट लीवंस बेल्जियम से 27 अक्तूबर, 1880 को चले और 2 दिसंबर, 1880 में कलकत्ता पहुँचे। यहाँ आने के बाद आर्च बिशप गुथोल्स के यहाँ ठहरे। पश्चिमी बंगाल का मिशन केंद्र कलकत्ता ही था। कलकत्ते में रहने के बाद उन्हें पं. बंगाल के आसनसोल भेज दिया गया। यहाँ वे अपनी थेओलॉजी की पढ़ाई भी कर रहे थे। यहाँ पढ़ाई पूरी होने के बाद 14 जनवरी, 1883 को लीवंस को पवित्र पुरोहिताभिषेक संस्कार मिला। इसके बाद लीवंस ने खुद को ईश्वर की सेवा में समर्पित कर दिया। इसके बाद फिर वे कलकत्ता बुला लिए गए। यहाँ उन्होंने एक साल तक मिशनरी स्कूल में पढ़ाने का काम किया। इसके बाद फिर आसनसोल आए और आखिरी साल का थेओलॉजी अध्ययन पूरा किया। थेओलॉजी की अंतिम परीक्षा देने के बाद फादर को आसनसोल से 15

किमी. दूर रानीगंज में पहली बार छोटी पल्ली का पल्ली पुरोहित बनकर स्वतंत्र जिम्मेदारी सँभालने का अवसर दिया गया। तब वहाँ केवल 20 कथोलिक ही थे। यहाँ की जलवायु उन्हें रास नहीं आई। बाद में उन्हें फादर सुपीरियर ने 10 मार्च, 1885 को छोटा नागपुर मिशन में काम करने के लिए डोरंडा–राँची जाने का आदेश दिया।

यहाँ आने के बाद लीवंस ने अपना काम शुरू किया। उनके यहाँ आने तक छह हजार से अधिक आदिवासी ईसाई बन चुके थे। बरवे, तोरपा, दिघिया से लेकर जशपुर तक के उराँव ईसाई बनने लगे। राँची, तोरपा, बरवे, दिघिया उनका प्रमुख केंद्र था। बरवे राँची से दक्षिण–पश्चिम में 100 मील की दूरी पर था। आज यह गुमला जिले के चैनपुर प्रखंड में पड़ता है। यह एक बेहद खूबसूरत पहाड़ी–घाटी का इलाका था। दीवार जैसे पहाड़ से घिरा था। यह लीवंस का एक महत्त्वपूर्ण केंद्र बना। जब वे आए तो यहाँ आदिवासी उराँवों की संख्या 35,000 के आसपास थी। बरवे के उराँव इन्हीं के संपर्क में आए। फादर लीवंस यहाँ अपने घोड़े के साथ आए। महली लीवंस तिर्की ने लिखा है—'फादर लीवंस ने पहला कदम बरवे की भूमि पर रखा, गाँवों से उराँव आदिवासी स्वागत के लिए उनकी ओर दौड़ पड़े। उस दिन लीवंस ने 1557 महिला–पुरुष और बच्चों को बपतिस्मा कराया। यह तिथि थी 30 अक्तूबर, 1889। आठ दिन बाद 7 नवंबर, 1889 को नौ हजार लोगों को बपतिस्मा कराया।' इनके ईसाई बनने के पीछे तिर्की बताते हैं, ये आदिवासी जमींदारों के उत्पीड़न के शिकार थे। झूठे मुकदमों से परेशान थे। बेवजह इन्हें जेल भेज दिया जाता था। अपने तीन सप्ताह के दौरन लीवंस ने 13 हजार लोगों को ईसाई बनाया। यह उनकी बरवे की पहली यात्रा थी। वे दो बार और आए। दिसंबर 1890 में वे दूसरी बार आए। यहाँ 6 जनवरी, 1891 तक रहे। इस दौरान छह हजार लोगों का बपतिस्मा कराया। फिर अक्तूबर 1891 में दार्जिलिंग से राँची आए तो यहाँ से फिर वे अंतिम बार बरवे

गए। तब स्वास्थ्य काफी खराब हो चुका था। जनवरी 1892 में वे बरवे से राँची लौट आए।

फादर लीवंस के प्रयास से 1889 तक छोटा नागपुर में सौ गिरजाघर बन चुके थे। 1888 में छोटा नागपुर में करीब 50 हजार ईसाई 832 गाँवों में बसे थे, यानी 832 गाँवों में करीब 50 हजार लोग ईसाई धर्म अपना चुके थे। इनमें से 7,193 कैथोलिक ईसाई परिवार थे। 95 गाँवों में गिरजाघर थे और 77 पाठशालाएँ थीं, जहाँ 2400 आदिवासी बालक-बालिकाएँ पढ़ते थे। उस समय कुल मिलाकर 189 प्रचारक मिशन के कामों में जुटे हुए थे। लीवंस ने छोटा नागपुर के पहाड़ी इलाकों में धर्म प्रचार का काम घोड़े से किया। यही उनकी सवारी थी। इसलिए, जहाँ अल्बर्ट एक्का ने प्रारंभिक पढ़ाई की, वहाँ एक घोड़े पर सवार लीवंस की प्रतिमा भी लगी है। लीवंस के प्रयास से ही अल्बर्ट के दादा ईसाई धर्म में दीक्षित हुए थे।

जहाँ अल्बर्ट ने पाई शिक्षा

अल्बर्ट एक्का ने प्रारंभिक शिक्षा अपने गाँव के ही सी.सी. पतराटोली से ली। मिडिल की पढ़ाई अपने गाँव जारी से 6 किमी. दूर भिखमपुर में की। स्कूल का नाम है—आर.सी. मध्य विद्यालय, भिखमपुर। स्कूल का पुराना ढाँचा आज भी वैसा ही है। खपरैल के इस स्कूल के सामने ही चर्च हुआ करता था, जो अब अलग बन गया है, लेकिन वह चर्च आज भी है, जहाँ स्कूली बच्चे पढ़ाई के साथ चर्च में प्रार्थना भी करते थे। अल्बर्ट अपने गाँव जारी से पैदल ही स्कूल जाया करते थे। बीच में शंख नदी से मुलाकात होती थी। तब, इस नदी पर पुल नहीं बना था। नदी पार कर ही स्कूल जाना पड़ता था। आज तो शंख में नाममात्र का ही पानी है। शंख पार कर जब हम भिखमपुर पहुँचे थे, यहाँ फादर विनोद मिंज से मुलाकात हुई। स्कूल एक ओर और फिर विशाल चर्च नजर आया।

उन्होंने वे कमरे दिखाए, जहाँ अल्बर्ट पढ़ा करते थे। वह मैदान भी उसी तरह है। कुछ बदला नहीं है। इस भिखमपुर से दस किमी. दूरी पर जशपुर का इलाका शुरू हो जाता है, जो छत्तीसगढ़ में पड़ता है, यानी यह गाँव छत्तीसगढ़ की सीमा पर है। यहीं पर चर्च के रजिस्टर में अल्बर्ट का सही जन्मदिवस देखा। उनके परिवार और उनके बच्चों के जन्म की तिथि भी यहाँ रजिस्टर थी। चर्च का नाम है—पवित्र हृदय चर्च, भिखमपुर। यहीं उनका बपतिस्मा हुआ था। यह रोमन कैथोलिक चर्च है। चर्च के मुंशी विजय कुमार तिग्गा ने वह रजिस्टर दिखाया, जिसमें जन्म-मृत्यु की तिथियाँ अंकित हैं। स्कूल अब सरकारी हो गया है। अल्बर्ट आगे भी पढ़ना चाहते थे, लेकिन घर की आर्थिक स्थिति ठीक नहीं थी। गाँव के युवा सेना में जाते रहे थे। खुद अल्बर्ट के पिता जूलियस एक्का भी सेना में थे। उन्होंने द्वितीय विश्वयुद्ध में भाग लिया था। सेना से जब रिटायर हुए, तब उनकी इच्छा थी कि उनका पुत्र अल्बर्ट भी सेना में भर्ती हो। गरीबी के कारण अल्बर्ट ज्यादा पढ़ नहीं सके। गाँव में ही अपने पिता के साथ खेतीबारी का काम करने लगे। इसी दौरान दो साल तक अल्बर्ट ने नौकरी की तलाश की। मगर वे सफल नहीं हो सके। अल्बर्ट का भी झुकाव भी सेना की ओर था। भले ही वे खेतों में काम करते थे, लेकिन शारीरिक रूप से चुस्त-दुरुस्त रहने के लिए दौड़ते भी थे। इसलिए जब भारतीय सेना में बहाली की सूचना मिली तो उन्होंने अपना भाग्य आजमाया। सेना में उनका चयन हो गया। उस समय उनकी उम्र 20 साल थी। भर्ती का महीना दिसंबर था। सेना में बिहार रेजिमेंट से अपना कार्य शुरू किया। बाद में जब 14 गाड्र्स का गठन हुआ तो अल्बर्ट अपने कुछ साथियों के साथ वहाँ स्थानांतरित कर दिए गए। अल्बर्ट एक अच्छे योद्धा तो थे ही, हॉकी के भी अच्छे खिलाड़ी थे। सेना में भर्ती होने के कुछ दिन बाद ही चीन से युद्ध छिड़ गया। इसके बाद इस युद्ध में अपनी बहादुरी, कर्तव्य और ईमानदारी का परिचय दिया। अनुशासन और ईमानदारी के

कारण उनकी पदोन्नति लांस नायक के रूप में हुई। 1968 में उनका विवाह बलमदीना से हो गया। अगले साल 1969 में उनके एक पुत्र हुआ, जिसका नाम उन्होंने 'विनसेंट' रखा। अल्बर्ट की माँ का नाम 'मरियम एक्का' था। विन्सेंट भी अपने पिता की तरह सेना में जाना चाहते थे, लेकिन यह इच्छा पूरी नहीं हो सकी। अल्बर्ट का पोता भी अपने दादा की तरह सेना में जाना चाहता है। शहीद अल्बर्ट एक्का के छोटे भाई नायक फरदीन एक्का भी सेना में थे। वे 1973 से 1994 तक सेना में थे। रिटायर होने के बाद फिलहाल गाँव में रहकर खेतीबारी करते हैं। फरदीन चाहते हैं कि इस क्षेत्र में सेना बहाली के लिए कैंप लगाया जाए, ताकि यहाँ के युवक भी सेना में जा सकें और पलायन और बेरोजगारी की समस्या दूर हो। दूसरे नंबर के भाई सबियल एक्का का निधन हो गया। तीसरे नंबर पर सिल्बेस्टर एक्का और चौथे नंबर पर फरदीन एक्का। यही दोनों भाई जारी गाँव में रहते हैं।

भिखमपुर का स्कूल

खैर, सरकार को इस बात पर सोचना चाहिए। स्मृतियों में अल्बर्ट आज भी जिंदा हैं। वे परमवीर हैं। सन् 2000 में गणतंत्र दिवस पर उनकी

स्मृति को नमन करते हुए भारत सरकार ने डाक टिकट जारी किया। जारी के इस सपूत के नाम पर राँची में अल्बर्ट एक्का चौक तो है ही, गुमला में अल्बर्ट एक्का के गाँव व ब्लॉक का नामकरण भी उनके नाम पर कर दिया गया। गुमला शहर के बीच उनके नाम पर स्टेडियम है। चैनपुर प्रखंड मुख्यालय, डुमरी प्रखंड में शहीद की भव्य प्रतिमा स्थापित है। चैनपुर कॉलेज का नामकरण भी अल्बर्ट एक्का के नाम पर कर दिया गया। जारी गाँव में उनकी एक आदमकद प्रतिमा स्थापित है।

जिन्हें हम भूल गए

इस मायने में अल्बर्ट खुशकिस्मत हैं कि उन्हें गाँव-जवार और देश याद कर रहा है। पर, राँची और गुमला जिले के अनेक सैनिक हैं, जिन्होंने 1971 की लड़ाई लड़ी और वीरगति को प्राप्त हुए, लेकिन उनके परिवार की सुध लेनेवाला कोई नहीं हैं। जो जीवित हैं, वे भी अपने हाल पर छोड़ दिए हैं। गुमला और राँची, तब गुमला राँची में ही पड़ता था, कई लोग इस युद्ध में शहीद हुए। सिपाही बर्नाबास मिंज,

ग्राम बीतरी, पो. भिखमपुर, पंचायत जरमना, डुमरी, जी.डी.एम. एस. जोसेफ टोपनो, बीचागाड़ा, पो. जुरदाग, कर्रा, सिपाही सिरील टोप्पो, ग्राम बंदुआ, नवडीह पंचायत, मझिगाँव, डुमरी, सिपाही दाउद बारला, ग्राम बकाकेरा, पो. महुगाँव, लापुंग, सी.एफ.एन. वी.एम. लोहरा, ग्राम बडगाँव, पो. सिसई, सिपाही फिलीप सुरीन, ग्राम व पो. पिनपी, पंचायत सरिता, कामडारा, सिपाही हरमन गुड़िया, ग्राम देरांग, दुमंगदीरी, तोरपा, हवलदार बर्नवास कीड़ो, ग्राम जीहमटांगर, कमडरा, तोरपा, जी.डी. एम.एस. दसई उराँव, ग्राम बाँसजारी, महुआजारी, कैंबो, मांडर। जी.डी. एम.एस. उजैन टोप्पो, कोयनार टोली, सतियो, घाघरा, सिपाही चामू उराँव, ग्राम फुग्गू, गुमला, सिपाही जोसेफ तिग्गा, ग्राम कपास गुतरा, पो. जवाल डुमरी, एन.बी. सूबेदार पौलुस आइंद, ग्राम पतरा, पंचायत कुरसे, कर्रा, सिपाही प्रभुदान हेम्ब्रम, झाटीनूली, तोरपा, पंचायत कमरा, लायंस हवलदार पौलूस टोपनो, ग्राम तुरीगाड़ा, पो. मरचा, पंचायत कर्रा मरचा, तोरपा, सिपाही रेजोन गुडिया, ग्राम कोरामडारा, पो. बारदा, तपकरा, तोरपा, जी.डी.एम.एस. डेविड तिग्गा, ग्राम दुबलाबेड़ा, पो. जोन्हा, अनगड़ा, लायंस नायक लुइस लकड़ा, ग्राम कांजी करमटोली, पंचायत दीना, डुमरी, सिपाही जोहन मिंज, ग्राम रघुनाथपुर, पो. सोंस, चान्हो। इनके बारे में हम अधिक नहीं जानते। इनके परिजन किस हाल में हैं, कैसे हैं, कोई नहीं जानता। हाँ, कुछ के परिजन, जिनके बारे में पता चला, उनकी हालत बहुत खराब है।

इन्हीं में से एक हैं, लापुंग के बाकाकेरा पुतरी टोली के वीर सपूत दाउद बारला। 2015 में इनके परिजनों की सुधि ली, तब उनके भतीजे ग्रेगोरी बारला ने बताया कि किसी तरह मजदूरी कर जीवनयापन हो रहा है। परिवार के कुछ लोग जमशेदपुर में बस गए। वहाँ उनकी स्थिति ठीक है, लेकिन यहाँ की हालत खराब ही है। यह गाँव आज तक सड़क से नहीं जुड़ पाया है। दाउद की मिट्‌टी भी गाँव को नसीब नहीं हुई। आज भी

गाँव के लोग इंतजार ही कर रहे हैं। दाउद के पड़ोसी मिखाइल बारला ने उस समय बताया था कि बारला की शहादत पर पूरा गाँव गर्व से भर गया था। दाउद ऐसे वीर थे कि देशसेवा के लिए शादी तक नहीं की। अपनी शहादत से पहले अपनी माँ से कहा था कि शादी से ज्यादा जरूरी देश की सीमा की रक्षा करना है। पटना की डिफेंस कॉलोनी में इनके परिजनों को घर मिला था, जो किसी दूसरे के कब्जे में है।

इसी तरह अनगड़ा के दुबलाबेड़ा गाँव के डेविड तिग्गा भी शहीद हो गए थे। उनके परिजनों को आज तक किसी प्रकार की सहायता सरकार की ओर से नहीं मिली। अखबारों में खबर छपी तो मुख्यमंत्री ने राँची डी.सी. को विस्तृत रिपोर्ट भेजने को कहा, लेकिन बात आई-गई रह गई। सरकार ने निर्देश तो बहुत दिए, लेकिन निर्देश गाँव तक पहुँचे तब न! लापुंग के सापुकेरा, गाँव चंपी के निर्मल बारला ने 1971 की लड़ाई में भाग लिया था। ये आज भी जीवित हैं, लेकिन सरकार ने आज तक कोई सुविधा नहीं दी। बहादुरी के अनेक मेडल उनको मिले और उनके सहारे ही वे जी रहे हैं। परमवीर एक्का के साथ निर्मल बारला लड़े थे। रिटायर होने के बाद सी.सी.एल. ने इन्हें नाइट गार्ड में रखा था, लेकिन रहने के लिए उसने इस बहादुर को आवास तक नहीं दिया। अब लापुंग में अपने परिवार के साथ जीवन बसर कर रहे हैं। ऐसी कहानियों की कमी नहीं।

□

4

लांस नायक अल्बर्ट एक्का

झारखंड की राजधानी राँची के हृदय स्थल पर लांस नायक अल्बर्ट एक्का की आदमकद प्रतिमा सैनिक लिबास में मशीनगन ताने लगी हुई है। पहले यह चौक फिरायालाल के नाम से जाना जाता था, क्योंकि यहाँ एक फिरायालाल नाम की फर्म है। अब इस चौक का आधिकारिक नाम अल्बर्ट एक्का चौक कर दिया गया है। राजधानी राँची ने अपने नायक को उचित ही सम्मान दिया, लेकिन राँची में सैनिक मार्केट का नाम भी अल्बर्ट एक्का के नाम से होना था, वह आज तक नहीं हो सका। इसी मार्केट में अल्बर्ट के नाम से एक दुकान एलॉट है, जिस पर दूसरे काबिज हैं, हालाँकि अब अल्बर्ट एक्का के पुत्र विनसेंट एक्का को इसका किराया तीन साल पहले मिलना शुरू हुआ–महज एक हजार रुपये। यह तो हुई राँची की बात।

अल्बर्ट एक्का जिस गाँव में जन्मे, वह गाँव आज भी पुराने हाल में ही है। कुछेक पक्के मकान बन गए हैं, लेकिन ये मकान किसी समृद्धि की ओर इशारा नहीं करते। गरीबी आज भी चारों ओर पसरी है। सड़कों का हाल खस्ता है। विकास के नाम पर बस इतना हुआ है कि जारी प्रखंड बन गया है और अब उसका नाम भी अल्बर्ट एक्का जारी प्रखंड हो गया है। बिहार के समय को छोड़ भी दें तो इधर, 17 सालों में भी

झारखंड बनने के बाद सरकारें आती रहीं, जाती रहीं, पर स्थितियों में कोई बदलाव नहीं आया। जिन सपनों-आकांक्षाओं को लेकर अलग राज्य बना, राज्य के लिए सौ साल लंबा आंदोलन चला, राज्य बनने के बाद आदिवासियों के जीवन में कोई परिवर्तन नहीं हुआ। विकास के नाम पर विस्थापन, जमीन की लूट और पलायन यहाँ का स्थायी राग बन चुका है। आजादी के आसपास का जारी गाँव आज भी वैसा ही दिखता है।

गाँव में लगी प्रतिमा

अल्बर्ट जहाँ हॉकी खेलते थे, वह मैदान आज भी वैसा ही है। वह स्कूल भी, जहाँ पढ़ाई की और उसकी छप्पर भी। इस बीच दुनिया कितनी बदली, लेकिन नहीं बदला तो जारी गाँव। वह शंख नदी भी कहाँ बदली, जिसे तैरकर अल्बर्ट पढ़ने जाया करते थे। बस, इतना जरूर हुआ है कि शंख नदी उदास रहने लगी है। उसके सीने पर एक कंक्रीट का पुल जरूर उगा दिया गया है और हमारे राज्य के नेता इसे ही विकास कहते हैं। भले ही पुल के दोनों ओर सड़क का हाल खस्ता ही क्यों न हो!

बड़ा अजीब है, पेड़-पौधे, पहाड़-पत्थर सबकुछ यथावत रहते हुए

भी जैसे उनके भीतर की संवेदना थोड़ी-थोड़ी बची है। ये जड़ होते हुए भी आदमी की तरह 'जड़वत' नहीं हुए हैं। चैनपुर से जारी और जारी से भिखमपुर तक 17 साल के 'विकास' को बहुत आसानी से देखा जा सकता है।

अल्बर्ट एक्का के परिवार की वंशावली दिखाते चर्च के क्लर्क

खैर, आप सोच रहे होंगे कि इस कहानी से अल्बर्ट का क्या लेना-देना! पर क्या करें, लेना-देना तो है। अल्बर्ट की कहानी कहेंगे तो उनका गाँव भी आएगा, स्कूल भी आएगा, घर-बार-द्वार भी आएँगे और वे भी आएँगे, जिनकी डालियों पर अल्बर्ट ने कलइयाँ खाई होंगी, वह नदी भी, जिससे प्रेम करना सीखा होगा और वह पहाड़ भी, जिससे यह जाना होगा कि पानी से पत्थर भी हार मान लेता है। कहानियाँ और भी हैं, लेकिन उन्हें जाने दें। इतना जान लें कि जब अल्बर्ट सेना में भर्ती हुए तब वे चीन से लड़े। उस समय वे बिहार रेजीमेंट में थे। बिहार रेजीमेंट में ही वे भर्ती हुए। 1962 की लड़ाई के नौ साल बाद पाकिस्तान के जबड़े से कराहते

बांग्लादेश को आजाद कराने चल पड़े, तब वे 14 गार्ड के लांस नायक बन चुके थे। बहुत कम सैनिकों को यह नसीब हुआ कि चीन के साथ भी युद्ध किया और पाकिस्तान को भी धूल चटाई। यह खुशनसीबी अल्बर्ट के हिस्से आई और इसी बहादुर के हिस्से 'परमवीर चक्र' भी आया।

बहादुरी के किस्से उनके दोस्त आज भी सुनाते हैं। एक कहानी रिटायर मेजर डी.एन. दास से सुनते हैं, जो युद्ध में अल्बर्ट एक्का के साथ थे।

'…1971 के युद्ध में चारों ओर गोलियाँ चल रही थीं। कहीं से आग के गोले निकल रहे थे तो कहीं से हैंड ग्रेनेड व मोर्टार छोड़े जा रहे थे। कहीं सिर्फ धुआँ ही धुआँ नजर आ रहा था। हर पग पर खतरा था। उस समय लेफ्टिनेंट कर्नल विजय नारायण पन्ना थे। उन्होंने कहा कि पाकिस्तान ने भारत पर आक्रमण कर दिया है। यह सूचना मिलते ही हम पाकिस्तान से दो-दो हाथ करने के लिए तैयार हो गए। अल्बर्ट एक्का व मुझे बी कंपनी में रखा गया। हम दोनों लोग साथ में थे। हमारा मोर्चा गंगा सागर के पास था। यहीं पास ही रेलवे स्टेशन है, जहाँ पाकिस्तान के घुसपैठी अड्डा जमाए हुए थे। वहाँ 165 पाकिस्तानी सैनिक थे। हमें गंगा सागर के पास 2 दिसंबर को पाक सेना पर आक्रमण करने का निर्देश दिया गया। आक्रमण से पहले हम लोगों ने पास में एक गड्ढा खोदा और सुरक्षा के दृष्टिकोण से वहाँ शरण ली, ताकि हवाई मार्ग से नजर रखनेवाले दुश्मनों की हम पर नजर न पड़े। 3 दिसंबर की रात 2.30 बजे हम रेलवे पार गए। उस समय मैं 20 वर्ष का और अल्बर्ट 29 वर्ष के थे, जैसे ही हमने रेलवे स्टेशन पार किया, पाकिस्तानी सेना के संतरी ने हमें थम कहा। उस संतरी को गोली मारकर हम दुश्मन के इलाके में घुस गए। हमारे ऊपर एल.एम.जी. बंकर से आक्रमण हुआ। तभी अल्बर्ट एक्का ने बहादुरी का परिचय देते हुए अपनी जान की परवाह किए बिना अपना ग्रेनेड एल.एम.जी. में डाल दिया। इससे पाक सेना का पूरा बंकर

उड़ गया। हमने 65 पाक सैनिकों को मार गिराया और 15 को कैद कर लिया। रेलवे के आउटर सिग्नल इलाके को कब्जे में लेने के बाद वापस आने के दौरान टॉप टॉवर मकान के ऊपर खड़ी पाक सेना ने अचानक मशीनगन से हम पर हमला कर दिया। इसमें 15 भारतीय सैनिक मारे गए। तब अल्बर्ट दौड़ते हुए टॉप टॉवर पर चढ़ गए। टॉप टॉवर के मशीनगन को अपने कब्जे में लेकर दुश्मनों को तहस-नहस कर दिया। इस दौरान अल्बर्ट एक्का को 20 से अधिक गोलियाँ लगीं। उनका शरीर छलनी हो गया था। वे टॉप टॉवर से नीचे गिर गए। जहाँ उन्होंने मेरे सामने अंतिम साँस ली। टॉप टॉवर से नीचे गिरने के बाद मैंने ही अल्बर्ट एक्का को मोरफेन की सूई दी थी। परंतु देर हो चुकी थी। जारी के वीर सपूत अल्बर्ट शहीद हो चुके थे।' मेजर कहते हैं कि अल्बर्ट एक्का नहीं रहते तो 150 जवान मारे जाते, लेकिन छोटे से गाँव के आदिवासी युवक ने जिस साहस का परिचय दिया, उसे बयां नहीं किया जा सकता। अपनी जान देकर उन्होंने जवानों की जान बचाई। उसी युद्ध में साथ रहे हृदयानंद प्रसाद सिंह कहते हैं कि जब अल्बर्ट एक्का शहीद हुए तो उस समय शहीद के शव को लाने की व्यवस्था नहीं थी। इस कारण अगरतला में ही उन्हें दफना दिया गया। गौंड़ी उराँव बताते हैं, अल्बर्ट एक्का जब शहीद हुए तो मैंने ही उन्हें अपने हाथ से उठाया था। उनकी वीरता की जितनी कहानी कही जाए, कम होगी। यह उस वीर सपूत की कहानी है, जो आदिवासी-ईसाई था, जिसने अपने देश के लिए कुर्बानी दी।

अल्बर्ट एक्का 14 गाड्र्स के लांस नायक थे। गंगा सागर के क्षेत्र में इनकी तैनाती थी। यहाँ का क्षेत्र अधिकतर दलदल था और इस दलदली जमीन में पाकिस्तानी सेना ने बारूदी सुरंगें बिछा रखी थीं और तारों से भी उस क्षेत्र को बाँध दिया था। इसी क्षेत्र को सँभालने का काम 14 गाड्र्स को दिया गया था। 14 गाड्र्स के साथ एक 4 कार्प्स की बटालियन और थी, जिसकी काररवाई के लिए गंगा सागर पर भारत का कब्जा होना

जरूरी था। गंगा सागर पर कब्जा करना भारतीय सेना के 14 गाड्र्स का एकमात्र लक्ष्य निर्धारित किया गया था। वहाँ से चार किमी. की दूरी पर अखौरा रेलवे स्टेशन पर सैनिकों को एकत्र कर दिया गया था और दृढ़तापूर्वक किलाबंदी कर दी गई थी। वहाँ दलदल नहीं था और उस रेलवे स्टेशन को अपने कब्जे में कर लेना सामरिक दृष्टिकोण से अत्यंत जरूरी था। गश्त के दौरान 14 गाड्र्स के सिपाहियों ने देखा कि दुश्मन के जवान रेलवे ट्रैक पर बेफ्रिकी से आ रहे थे। इसका मतलब यह था कि उस ट्रैक पर कोई जमीनी सुरंग नहीं बनाई गई थी। यह जानकारी महत्त्वपूर्ण थी। इसके आधार पर बटालियन की दो कंपनियों ने साथ होकर दुश्मन के सुरक्षा-चक्र पर रेलवे ट्रैक के साथ-साथ आक्रमण कर दिया और दुश्मन के नजदीक पहुँचने में कामयाब हो गए। जब रेलवे स्टेशन से लगभग सौ गज दूर रह गए, तब पाकिस्तानी फौज की तरफ से भारी स्वचलित मशीनगनों से गोलाबारी आरंभ हो गई। उस भीषण गोलाबारी का उतनी ही प्रचंडता के साथ उत्तर देते हुए हमारे सैनिकों का चट्टान की भाँति जमे रहना अत्यंत आवश्यक था और वे अडिग थे। पाकिस्तानी फौज अपनी लाइट मशीनगन के बल पर भारतीय सैनिकों को निरंतर चुनौती दे रही थी। उसकी गोलाबारी से इधर काफी नुकसान हो रहा था, फिर भी भारत के जवान पूरे जोश और उत्साह के साथ डटे हुए थे। उस मोर्चे का भार लांस नायक अल्बर्ट एक्का को दिया गया था। अल्बर्ट चीन से युद्ध कर चुके थे। इसके बाद ही उन्हें लांस नायक बनाया गया था। अनुभव और जज्बे की कमी नहीं थी। जल्दी ही आमने-सामने की मुठभेड़ का मौका बन गया। 3 दिसंबर की कड़कड़ाती ठंड में 14 गाड्र्स का उत्साह चरम पर था। ठंड को ठेलते हुए जवान गोलियाँ बरसा रहे थे। दोनों ओर से गोलाबारी जारी थी। घायलों की संख्या बढ़ती जा रही थी—दोनों ओर।

अल्बर्ट एक्का की रगों में तेजी से खून दौड़ रहा था...लड़ते-लड़ते

अल्बर्ट एक्का की दृष्टि पाकसेना के किसी द्वारा छुटी हुई एक मशीनगन पर पड़ गई···उसे उठा लिया और नए जोश के साथ मशीनगन का मुँह पाक सेना की ओर मोड़ दिया। अचानक एक सैनिक अल्बर्ट एक्का के सामने आकर खड़ा हो गया। इसके पहले कि वह वार करता, अल्बर्ट एक्का ने कमर में बँधी खुकरी निकाल उसके पेट में घुसेड़ दी, या अल्लाह कहते हुए वह वहीं गिर पड़ा। अल्बर्ट भी घायल हो चुके थे, लेकिन अपने शरीर से बह रहे रक्त की परवाह न करते हुए आगे बढ़े। पास में एक टूटे खंडहर से गोलाबारी हो रही थी। खंडकर पाक सेना के लिए बंकर की तरह काम कर रहा था। अल्बर्ट ने वहाँ तक पहुँचने की ठान ली, जिससे मौत निकल रही थी। वह रेंगते हुए वहाँ तक पहुँचे। किसी का ध्यान अल्बर्ट की ओर नहीं था। बंकर के भीतर पहुँचकर उन्होंने एक हथगोला उछाल दिया। हथगोले के विस्फोट से कई सैनिक मारे गए। पूरा बंकर आग के गोले में तब्दील हो गया। इस विस्फोट में अल्बर्ट भी बुरी तरह घायल हो गए, लेकिन अल्बर्ट के इस कदम से कंपनी के लिए यह बेहद आसान हो गया कि वह गंगा सागर को कब्जे में ले लेती। कंपनियों ने गंगा सागर पर जीत हासिल कर ली, लेकिन इस बीच गंभीर रूप से घायल अल्बर्ट की साँसें उखड़ गईं।

आर.सी. बालक मध्य विद्यालय, भिखमपुर, जारी, यहीं पढ़े थे अल्बर्ट एक्का

गंगा सागर की जीत के बाद दक्षिणी और दक्षिणी पश्चिमी छोर से अखौरा तक पहुँचना भारतीय सेना के लिए आसान हो गया। इसका नतीजा यह हुआ कि भारतीय सेना के हमले के आगे दुश्मन को अखौरा भी छोड़कर भागना पड़ा। अल्बर्ट शहीद हो चुके थे।

जसवंत सिंह व मेजर जनरल सूरज भाटिया ने अपनी पुस्तक 'शौर्यं तेजो' में अल्बर्ट एक्का की बहादुरी, साहस और बलिदान का जिक्र किया है—"1971 की लड़ाई में पूर्वी क्षेत्र। पूर्वी पाकिस्तान में हमारा प्लान चारों ओर से हमला करने का था। पूर्वी पाकिस्तान के पूर्व की लंबी सीमा पर आक्रमण करना 4 कोर के जिम्मे था, जिसमें उत्तर, मध्य तथा दक्षिण में क्रमशः 8, 57 तथा 23 डिवीजनों को तैनात किया गया था। इसमें मध्य क्षेत्र वाले 57 डिवीजन का प्रारंभिक लक्ष्य अगरतला के विमुख कोई छह–सात किमी. की दूरी पर स्थित अखौरा नाम के शहर पर कब्जा करना था। अखौरा एक प्रमुख यातायात केंद्र था तथा ढाका पहुँचने के लिए मेघना नदी के तट तक जाने की राह में पड़ता था।

अखौरा पर आक्रमण करने के लिए यह जरूरी समझा गया कि आक्रमण के समय हमारा बायाँ पार्श्व सुरक्षित हो। इसके लिए अखौरा के दक्षिण में स्थित गंगा सागर नामक ठिकाने पर काबू पाना आवश्यक हो गया। इसके लिए 'एस फोर्स' नामक दस्ते के उत्तर की ओर से हमला करने का दिखावा करते हुए हमारे 73 ब्रिगेड ने दक्षिण में स्थित गंगा सागर पर हमला किया। यह कार्यभार 14 गार्ड बटालियन के सुपुर्द किया गया, जिसकी स्थापना 13 जनवरी, 1968 को की गई थी।

हमला गुपचुप ढंग से किया गया। मगर दुश्मन ने हार मानने से इनकार कर दिया। उसने आक्रमण कर रही हमारी फौज पर भारी बमबारी शुरू कर दी। इसमें तोप गोलों की तो बहुतायत ही थी, गोलियों की बौछारों ने भी आगे बढ़ने पर रोक लगाना शुरू कर दिया। 14 गार्ड के इस हमले के सामने की बाईंवाली कंपनी के साथ लांस नायक अल्बर्ट

एक्का भी थे। हमले के दौरान जब उन्होंने देखा कि दुश्मन के एक बंकर से लाइट मशीनगन की गोलियों की बौछार हमारे रास्ते में विघ्न डाल रही है और उसके कारण बटालियन के बहुत सारे सैनिक जख्मी भी हो चुके हैं, तो उन्होंने काम तमाम करने की ठानी। अपनी लेशमात्र भी चिंता किए बगैर उन्होंने दुश्मन के बंकर पर एक ओर से बड़ी मुस्तैदी व जोश के साथ धावा बोल दिया। बंकर के भीतर दुश्मन के दो सैनिक थे। दोनों को ही उन्होंने संगीन की मार से हताहत कर डाला। इस तरह उस लाइट मशीनगन का मुँह बंद कर दिया। पर दुश्मन पर संगीन चलाते समय लांस नायक एक्का स्वयं गंभीर रूप से घायल हो गए। इस पर भी उन्होंने अपने साथियों का साथ न छोड़ा। उनके साथ जुटकर वे दुश्मन के एक-एक बंकर का सफाया करने के अत्यंत जोखिम-भरे काम में लग गए।

दुश्मन की यह पोजीशन काफी गहराई तक अंदर को थी। बंकरों व मोर्चों का सफाया करते-करते वे कोई डेढ़ किमी. की दूरी पार कर चुके थे। लांस नायक एक्का के जख्म से खून बहता जा रहा था और थकान भी बहुत बढ़ गई थी। जब दुश्मन की पोजीशन का आखिरी भाग पार कर लिया गया और सबने सोचा कि काम पूरा हुआ, तभी बगल की एक दुमंजिला इमारत से मीडियम मशीनगन का भारी फायर आना शुरू हो गया। इसके कारण हमारे सैनिक हताहत भी हुए और आगे की बढ़त में रुकावट आई। लांस नायक एक्का से यह सहा नहीं गया। वे सरपट रेंगते हुए उस इमारत के पास पहुँचे और फिर बड़ी हिम्मत व साहस के साथ ऊपर भी चढ़ गए। ऊपर चढ़कर उन्होंने सैंड बैग से घिरा वह बंकर ढूँढ़ा, जहाँ से फायर की घातक बौछारें आ रही थीं और उसमें लपककर एक ग्रेनेड फेंका। ग्रेनेड की सेफ्टी पिन निकालने के बाद क्लिप को छोड़ते हुए कुछ सेकेंड ग्रेनेड उन्होंने हाथ में रखा। आमतौर पर ग्रेनेड फेंकने के छह-सात सेकेंड बाद ही फूटता है। समय से पहले फेंक देने से दुश्मन को बचाव का समय मिल जाता है या तो वह ग्रेनेड उठाकर बाहर कहीं

अथवा स्वयं आक्रमणकारी की दिशा में वापस फेंक सकता है या फिर किसी आड़ के पीछे छिपकर अपना बचाव कर सकता है, परंतु इस तरह कुछ देर ग्रेनेड मुट्ठी में पकड़े रहने से फेंकने पर उसका फटना तत्क्षण हो जाता है और शत्रु को किसी प्रकार के बचाव का समय नहीं मिलता। हाँ, इसमें जोखिम यह है कि वह हमारी मुट्ठी में फटकर हमें ही ध्वंस कर सकता है। ठीक तरह से ग्रेनेड फेंकने के लिए साहस व सूझ दोनों की जरूरत है। लांस नायक एक्का में ये दोनों गुण यथेष्ट मात्रा में विद्यमान थे। उनके ग्रेनेड फेंकने से दुश्मन के एक सिपाही की तो तुरंत मृत्यु हो गई, पर दूसरा घायल होकर ही बचा रहा और उसने किसी प्रकार लाइट मशीनगन का चलाना जारी ही रखा। यह वाकई बड़ी हिम्मत और हौसले का काम था। हीरे की टक्कर हीरे के साथ थी।

इस पर लांस नायक एक्का ने बंकर की दीवार पर एक ओर से चढ़ना शुरू किया। ऊपर चढ़कर उन्होंने नीचे कूदने के साथ उस मशीनगन चालक को अपनी संगीन के वार से हताहत कर डाला। इस साहसपूर्ण कार्य से हमारे बहुतेरे सैनिक हताहत होने से बच गए। साथ ही उनकी बटालियन के सिर विजयश्री का सेहरा बँधा। गंगा सागर पर पाई इस विजय के कारण 57 डिवीजन की आगामी आक्रमक काररवाई में बड़ी भारी सहायता मिली। अखौरा पर आक्रमण करने के लिए एक महत्त्वपूर्ण द्वार खुल गया—शत्रु के पिछवाड़े वाले आँगन में। इसमें शत्रु को अखौरा से खदेड़ निकालने में 311 ब्रिगेड को सफलता मिली। अखौरा ढाका पहुँचने के लिए सबसे छोटे रास्ते पर स्थित था। इसका महत्त्व इससे ही समझा जा सकता है।

पर इस वीरतापूर्ण कार्य के लिए लांस नायक एक्का को गहरे घावों तथा खून बह जाने के कारण अपने प्राणों का बलिदान करना पड़ा। 29 वर्षीय लांस नायक एक्का को मरणोपरांत वीरता के सर्वोत्तम 'परमवीर चक्र' से सुशोभित किया गया।

बांग्लादेश की आजादी की ओर भारतीय सेना के बढ़ते कदम में अल्बर्ट एक मील का पत्थर गाड़कर विदा हो गए। सब जानते हैं कि जब भारत आजाद हुआ तो देश दो हिस्सों में बँट गया। देश के बँटवारे से बंगाल का पूर्वी हिस्सा पाकिस्तान में चला गया, जो पूर्वी पाकिस्तान कहलाता था। पूर्वी पाकिस्तान, जाहिर है बांग्ला बहुल क्षेत्र था, जबकि पाकिस्तान में मुसलिम उर्दूभाषी थे। सरकार में भी इनका ही दबदबा था। उनकी सत्ता का केंद्र पश्चिमी पाकिस्तान में था। इस स्थिति के कारण पूर्वी पाकिस्तान सत्ता की ओर से अमानवीय और पक्षपातपूर्ण व्यवहार का शिकार हो रहा था। ऐसी परिस्थिति में जब 7 दिसंबर, 1970 के चुनावों में पूर्वी पाकिस्तान की पार्टी अवामी लीग के नेता शेख मुजीबुर्रहमान को भारी बहुमत मिला तो पश्चिम की सत्ता हिल गई। तत्कालीन प्रधानमंत्री भुट्टो और याहिया खान इस अनपेक्षित परिणाम के लिए कतई तैयार नहीं थे। इन्होंने संसद का गठन रोककर अपना स्पष्ट इरादा जाहिर कर दिया कि वह इस चुनाव परिणाम को मान्यता नहीं देनेवाले हैं। पूर्वी पाकिस्तान के लिए यह असहनीय था। वहाँ इस बात को लेकर आंदोलन छिड़ गया, जिसमें छात्र, नागरिक तथा सभी सरकारी, गैर सरकारी विभाग आकर जुड़ गए। यह आंदोलन पश्चिमी पाकिस्तान के लिए चुनौती बन गया। भुट्टो और याहिया खान ने इसे दबाने के लिए जबरदस्त दमन-चक्र चलाया, जिसका नायक टिक्का खान को बनाया गया। लेफ्टिनेंट जनरल टिक्का खान की छवि एक बर्बर फौजी की थी, जिसने पूर्वी क्षेत्र के नागरिकों पर इतनी अमानवीय और निर्मम काररवाई की, कि वे सारे वहाँ से भागकर भारत आ पहुँचे। देखते-देखते भारत में लाखों की तादाद में बांग्ला भाषी, पूर्वी पाकिस्तानी भर गए, जिनकी व्यवस्था करना भारत के लिए भारी पड़ने लगा। भारत ने पाकिस्तान से इस बारे में बात की, लेकिन पाकिस्तान ने अपना हाथ झाड़ लिया।

उसने कहा कि शरणार्थियों से निपटना भारत की अपनी समस्या है, फिर तो भारत को युद्ध में उतरना ही था। 3 दिसंबर, 1971 को युद्ध की स्थिति बनी और 16 दिसंबर, 1971 को पाकिस्तान को मुँह की खानी पड़ी। पाकिस्तान टूटकर दो हिस्सों में बँट गया, जिसमें एक नवोदित राष्ट्र बांग्लादेश कहलाया। इस देश के निर्माण में झारखंड के इस सपूत का भी योगदान है। यद्यपि बांग्लादेश की आजादी में अल्बर्ट अकेले नहीं थे, राँची और आसपास के करीब 26 जवानों ने अपनी जान की आहुति दी थी।

तब यह इलाका बिहार था और उस समय राँची के आसपास से करीब 23 लोगों ने इस युद्ध में अपनी जान गँवाई। राँची में इन सभी 23 शहीद परिवारों को पाँच-पाँच हजार की मुआवजा राशि दी ही गई। जमीन, नौकरी आदि का आश्वासन भी सरकार की ओर से दिया गया। 21 जनवरी, 1971 को राँची के बारी पार्क में एक समारोह का आयोजन किया गया। इसमें 7 लाख, पाँच हजार रुपयों का वितरण किया गया। बिहार के राज्यपाल देवकांत बरुआ ने शहीद परिवार वालों को ये रुपए दिए। 'परमवीर चक्र' विजेता अल्बर्ट एक्का के परिवार को राज्यपाल ने अपनी ओर से 25 हजार रुपए देने की घोषणा की। उनके गाँव में पाँच एकड़ भूमि भी दी गई, जिसका पर्चा 21 जनवरी को ही राज्यपाल ने अल्बर्ट एक्का के पिता को दिया। विधवा बलमदीना एक्का अपने तीन साल के पुत्र विनसेंट के साथ इस कार्यक्रम में उपस्थित थीं। इसके साथ ही कहा गया कि भूमि सुधार के लिए 1,500 रुपए दिए जाएँगे। एक जोड़ा बैल खरीदने के लिए 750 रुपए, कुआँ बनाने के लिए शत-प्रतिशत सरकारी सहायता 4,500 रुपए दिए जाएँगे।

उस समय श्रीमती डेविस ने श्रीमती एक्का के लिए डेढ़ सौ रुपए मासिक की नौकरी की व्यवस्था की। कहा कि जब वे चाहेंगी, उन्हें यह

सुविधा मुहैया करा दी जाएगी। यही नहीं, अल्बर्ट एक्का की स्मृति में वेलफेयर सिनेमा के पास स्थित सरकारी भवन का नाम भी अल्बर्ट एक्का के नाम पर किए जाने की सहमति बनी। तत्कालीन डी.सी. ईश्वरचंद्र कुमार ने भी शहीद परिवार वालों के लिए कई योजनाओं की घोषणा की। कुमार ने बताया कि '12 शहीदों के परिवार वालों को नौकरी देने की बात तय हो गई है। तीन लोगों ने शिक्षक बनने की चाहना की है। जिला परिषद् की ओर से उन्हें शिक्षक का पद दिया जाएगा। 4 व्यक्तियों ने एच.ई.सी. में नौकरी करने की इच्छा व्यक्त की है। उन्हें टाउन प्रशासकीय विभाग में नौकरी दिलाने के लिए एच.ई.सी. के अधिकारियों से मैंने बात कर ली गई है। 3 व्यक्तियों को पुलिस की नौकरी में बहाल कर दिया जाएगा। घर बनाने के लिए जो खर्च पड़ेगा, उसके लिए मैंने राँची नगरपालिका के अध्यक्ष शिव नारायण जायसवाल से बातें कर ली हैं। वे खर्च अपने पास से देने को प्रस्तुत हैं।' शहीद परिवारों की सहायता के लिए कई संगठन भी आए और आर्थिक सहायता दी। कुमार ने इसकी भी जानकारी दी, '5.51 लाख रुपए नागरिकों एवं ग्रामीणों द्वारा, 51 हजार विजय मेले से आई राशि, 11 हजार विधवा कल्याण हेतु श्रीमती अरोड़ा को प्रेषित, 11 हजार श्री बागची द्वारा, 27,800 रोमन कैथोलिक द्वारा 3,500 एक अन्य चर्च द्वारा 2,500 छात्राओं द्वारा एकत्र श्रीमती मेरी लकड़ा के मार्फत से प्राप्त 12,200 बी.आई.टी. मेसरा, पाँच हजार विकास विद्यालय, 7,500 एस.पी. राँची द्वारा आई.जी. को प्रेषित, 20,000 ए.जी. द्वारा सेंट्रल ऑफिस को प्रेषित।' इस सभा में यह भी जानकारी दी गई कि श्रीमती डेविस के अमेरिकी परिचित व्यक्ति को जब ज्ञात हुआ कि वे राष्ट्रीय सुरक्षा कोष के लिए धन एकत्रित कर रही हैं तो भूतपूर्व अमेरिकी सिनेटर श्री डॉन हेवार्ड ने 40 डॉलर की सहायता श्रीमती डेविस के पास भेजी। इसके अतिरिक्त श्रीराम ग्रुप द्वारा 20 लाख रुपए तथा ए.सी.सी. ग्रुप द्वारा सात लाख रुपए का दान दिया गया। डॉ. डेविस कांके मनःचिकित्सा

केंद्र के निदेशक थे। बाद में वहीं पर उन्होंने अपना अलग अस्पताल खोल लिया था।

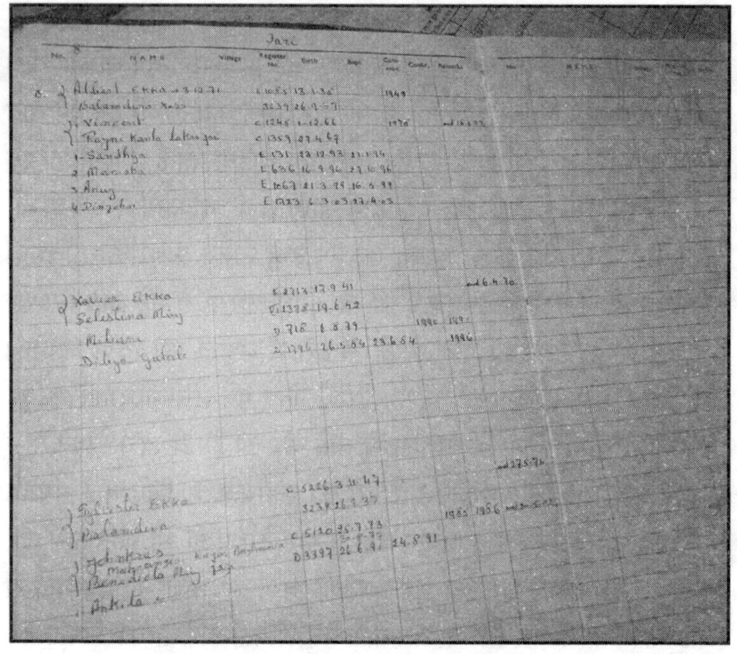

चर्च के रजिस्टर में दर्ज अल्बर्ट एक्का के जन्म एवं मृत्यु की तिथि

अल्बर्ट एक्का के परिवार को जो पाँच एकड़ जमीन दी गई, वह बंजर थी। आज तक उसपर उनका कब्जा नहीं हो सका। जब राहुल गांधी राँची आए और बिरसा की समाधि स्थल पर श्रद्धांजलि देने पहुँचे तो अल्बर्ट एक्का की पत्नी ने अपनी आपबीती सुनाई थी। हो सकता है, अन्य शहीदों के साथ भी ऐसा ही हुआ हो। घोषणा केवल घोषणा ही रह गई हो। पर झारखंड को इस सपूत पर गर्व है। उस दिन राज्यपाल ने भाषण देते हुए कहा था—'आज का दिन गौरव और दुख प्रकट करने का दिन है। गौरव इस बात के लिए कि राँची के जवानों ने देशहित के लिए अपनी आहुति दी और देश का गौरव बढ़ाया, दुख इसलिए कि वे हमारे

बीच नहीं रहे। जवानों ने जो आत्मत्याग किया, वह देश के लिए गौरव की बात है। परमवीर चक्र प्राप्त अल्बर्ट एक्का ने राँची का नाम समूचे देश में उजागर कर दिया। यह गौरव बिहार राज्य के एक आदिवासी जवान को मिला। शहीदों के बच्चों की पढ़ाई का खर्च सरकार देगी, उनकी जिम्मेवारी सरकार ने ली है अपने ऊपर। जिस तरह हमारे जवानों ने दुश्मनों को तोड़ डाला, हमें आज संकल्प लेना है कि हम फिरकापरस्ती को तोड़ देंगे। मजहब की बुनियाद पर कोई राष्ट्र पनप नहीं सकता। फिरकापरस्ती और धर्म के आधार पर कायम पाकिस्तान का चिराग हमारे जवानों ने, वीर प्रधानमंत्री श्रीमती इंदिरा गांधी के कार्यकलापों ने गुल कर दिया। फिरकापरस्ती देश को कमजोर करता है। इसका ध्यान हमेशा रखना चाहिए। देश के गरीबों ने हमारी बड़ी मदद की है, वे गरीब ही तो अधिकाधिक मदद करते हैं। इसलिए देश के गरीबों की अधिकाधिक मदद करने पर सरकार तत्पर रहती है।···पहले वाली स्थिति से भिन्न आज भारत की स्थिति है। हम टैंक बनाते हैं, जहाज बनाते हैं, अस्त्र-शस्त्र बनाते हैं। हमने पहले की अपेक्षा काफी शक्ति प्राप्त की है। हमसे आज जो टकराएगा, चूर होगा; हम लोहा लेने में पूर्ण समर्थ हैं। जैसे हमने बांग्लादेश को मुक्त कराया, चाहते तो इसलामाबाद पर भी कब्जा करते, लेकिन हमारी नीति विस्तारवादी कदापि नहीं रही है। इसकी घोषणा प्रधानमंत्री श्रीमती इंदिरा गांधी ने कई बार की। हम शांतिपसंद देश हैं। जो हमें तंग करेगा, उसे सबक सिखाने में माहिर भी हैं। हमें अपने लोगों पर गर्व है, जवानों पर गर्व है। देश की एकता का अपना कमाल है। हम धर्मनिरपेक्ष देश के नागरिक हैं। धर्म कोई भी छोटा या बड़ा नहीं होता। जितना अधिकार बड़े धर्मवालों का है, उतना ही कम संख्या वाले धर्मावलंबियों का भी है।'

अल्बर्ट एक्का चौक पर अपना संगीन ताने आज भी देशभक्ति का संदेश दे रहे हैं।

□

5

गुरबत में बीता जीवन

चैनपुर के प्रेमनगर में 10 कट्ठे के नए मकान में अब बलमदीना एक्का रहती हैं। छत पक्की नहीं, एसबेस्टस शीट की है। इसी मकान में उनका इकलौता बेटा, बहू और पोते-पोतियाँ हैं। अस्सी साल की काया का सहारा बस एक छोटी सी लाठी है। चेहरे पर झुर्रियाँ हैं। आँखों में चमक बरकार है। याद्दाश्त भी ठीक-ठाक है। जब-तब बुढ़ापे की बीमारियाँ जरूर परेशान करती हैं। अस्पतालों में ठीक होकर नया जीवन प्राप्त कर अपने पोते-पोतियों के साथ फिर दुनिया में मशगूल हो जाती हैं। एक इच्छा तो पूरी हो गई कि अल्बर्ट की मिट्टी उनके गाँव आ गई, लेकिन एक इच्छा अभी बाकी है कि गाँव में उनका स्मारक नहीं बना। गाँव जाने की सड़क बदहाल है। गाँव का विकास नहीं हो सका, सिवाय इसके कि उस गाँव को प्रखंड बना दिया गया। सरकार ने कहा था, आपको चार पहिया वाहन देंगे, जो आज तक नहीं मिला। सरकार ने कहा था—गाँव में उनका भव्य स्मारक बनेगा—जो आज तक नहीं बना। सरकार ने घोषणा की थी—गाँव का विकास करेंगे—यह भी अधूरा ही है। सरकार ने और भी बहुत कुछ कहा था, लेकिन उसने बस कहा था। कहने के लिए तो हर कोई इस लोकतंत्र में आजाद है। यह उसका अधिकार भी है। बलमदीना आज भी उसी आस-प्यास के साथ

जी रही हैं। पुश्तैनी घर धँस रहा है, यह मलाल उनके चेहरे पर भी उभर जाता है। बस, वह गुजारिश ही कर सकती हैं और पिछले चार दशकों से वह गुजारिश ही कर रही हैं। गुरबत में एक लंबा जीवन जिया, लेकिन अपने पति की मिट्टी गाँव में लाने की आस कभी नहीं छोड़ी। उम्र जब डराने लगी तो दिल की बात जुबां पर आ गई। इसके बाद तो सी.एम. ने भी तत्परता दिखाई, लेकिन यह तत्परता हद से ज्यादा हो गई तो भद भी पिटी।

अल्बर्ट एक्का का जर्जर पुश्तैनी घर

अचरज ही था कि चार दशक बाद तक यह बात कोई नहीं जानता था कि परमवीर अल्बर्ट एक्का की समाधि कहाँ है? उन्हें कहाँ दफनाया गया था? पत्नी बलमदीना सिर्फ इतना ही जानती थीं कि शहीद की मिट्टी उनके गाँव नहीं आई थी। बस, यही याद था और उसे ही लाने की जिद में वह जी रही थीं। शहीद होने के 44 साल बाद बलमदीना ने इच्छा जाहिर की कि उनके पति की मिट्टी झारखंड लाई जाए। खराब स्वास्थ्य और मृत्यु की ओर बढ़ते कदम ने माथे पर चिंता की लकीरें बढ़ा दी थीं।

उन्होंने इच्छा व्यक्त की कि उनके शहीद पति अल्बर्ट एक्का की अस्थि को झारखंड (जारी गाँव, गुमला) लाया जाए—हम चाहत ही कि कोई हमर पति की अस्थि या माटी के भी हमर पास लाइन देवंय, ताकि उके दर्शन कइर के हम चैन से मइर सकब।' इसके लिए उन्होंने झारखंड के मुख्यमंत्री रघुवर दास से भी आग्रह किया कि वे इस काम में मदद करें, ताकि अल्बर्ट एक्का की अस्थि (या उस स्थान की मिट्टी, जहाँ अल्बर्ट एक्का को दफनाया गया था) को झारखंड लाया जा सके। यह बात कितनी अजीब थी कि शहादत के बाद उनका पार्थिव शरीर यहाँ नहीं आ सका था। परिवार को उनकी शहादत की पूरी जानकारी नहीं मिली थी।

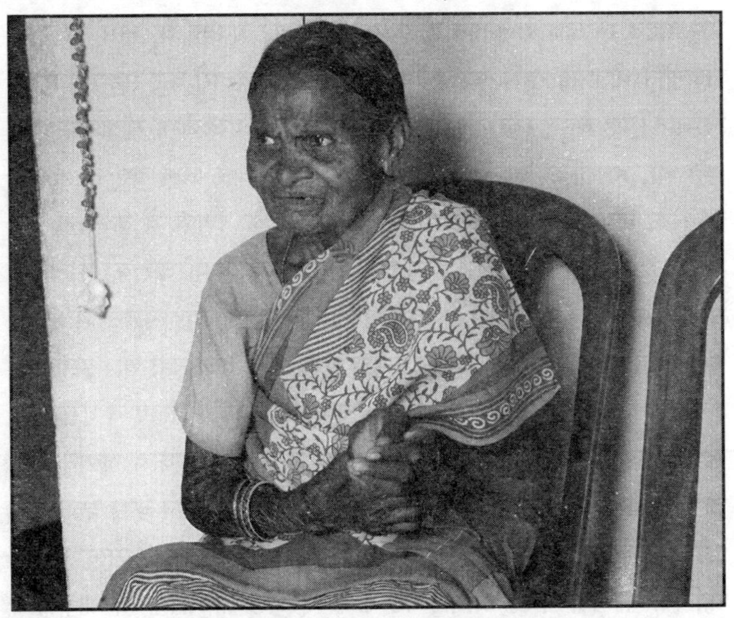

अल्बर्ट एक्का की पत्नी बलमदीना एक्का

अल्बर्ट एक्का की शादी 1968 में बलमदीना खेस से हुई थी। शादी के तीन साल बाद ही वे शहीद हो गए, तब अपनी पत्नी की गोद में तीन साल के पुत्र विनसेंट एक्का को छोड़ गए थे। जारी गाँव, जो अल्बर्ट का

गाँव है, में सुविधा के नाम पर कुछ नहीं है। आदिवासी गाँव की तरह यह भी सुदूर पहाड़ों की तलहटी में बसा हुआ है, जहाँ उस समय तो न सड़क थी, न कोई साधन। बरसात में जब शंख नदी उफनती थी तब कई गाँवों का संपर्क टूट जाता था। ऐसे में जारी जैसे आसपास के गाँव दुनिया से कट अपने में सिमट जाते थे। चैनपुर से जारी गाँव जाने के लिए बीच में शंख नदी पड़ती है। उस समय तो इस नदी पर कोई पुल भी नहीं होता था। बिना पुल शंख नदी को नाव से पार करते थे। खेती-बाड़ी मुख्य पेशा था, लेकिन वह भी पर्याप्त नहीं। अल्बर्ट एक्का के शहीद हो जाने पर राज्य सरकार और निजी संगठनों ने भी आर्थिक रूप से मदद की, लेकिन उस मदद में खूब राजनीति होती रही। अल्बर्ट एक्का के नाम पर खूब राजनीति भी होती रही। कुछ लोग परिवार की दावेदारी कर सहयोग हड़प ले जाते। यह बहुत स्वाभाविक था, क्योंकि तब आज जैसा संचार माध्यम नहीं था, हालाँकि आज भी उस गाँव में एक बार चले गए तो दुबारा जाने के लिए बार-बार सोचेंगे। तब, अस्सी के दशक में कल्पना कर सकते हैं। इसलिए, अल्बर्ट एक्का के नाम की राशि परिवार को मिली या नहीं, इसे जानने या दूसरों को सूचना देने के लिए कोई सूचना तंत्र नहीं था। अखबार थे, लेकिन उनकी पहुँच सुदूर गाँव तक नहीं थी। इसलिए, बलमदीना का जीवन गुरबत में ही बीतता रहा। पेट के लिए वे दूसरों के खेतों में काम करती रहीं, क्योंकि सरकार ने जो पाँच एकड़ जमीन उन्हें दी थी, वह किसी और की थी। जिसकी जमीन थी, उसने केस कर दिया और मामला कोर्ट में चला गया। लंबे समय बाद कोर्ट का फैसला जमीन मालिक के पक्ष में ही आया। पेट के लिए कुछ तो करना ही था। बच्चे को पालने के लिए दूसरों के खेतों में काम करती रहीं।

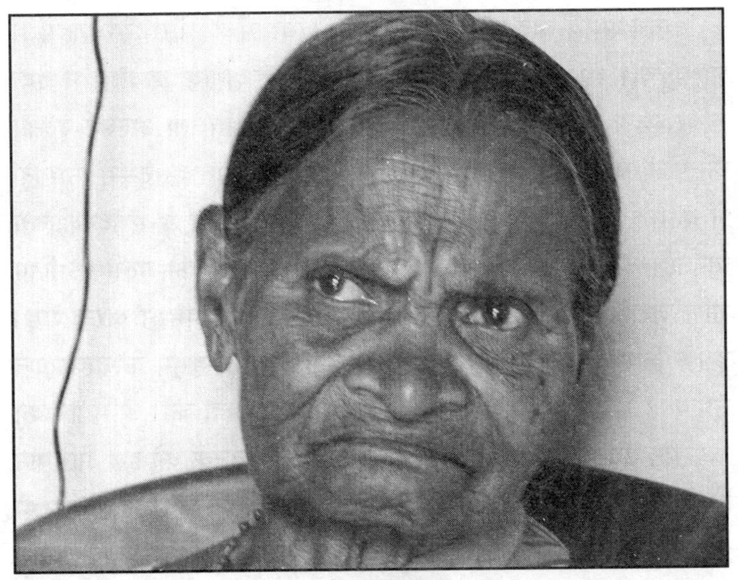

बलमदीना एक्का

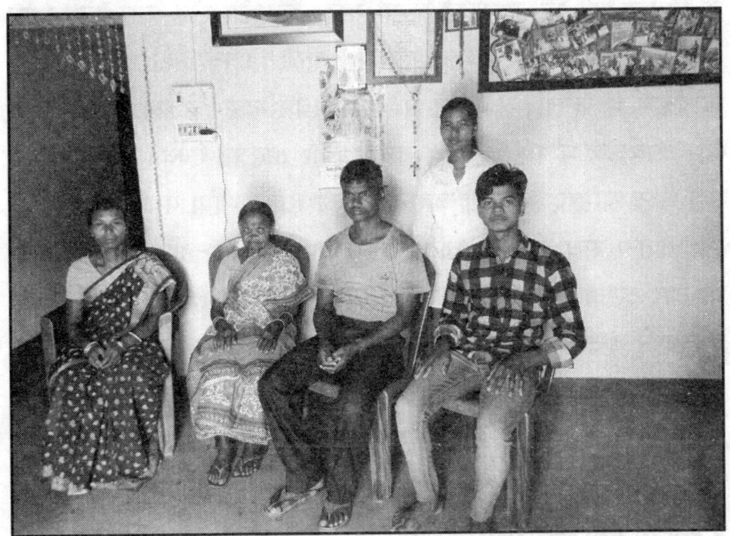

बलमदीना व उनके बेटे का परिवार, चैनपुरवाले घर में

लंबे समय बाद उनकी गुरबत की खबर राँची और दूसरे शहरों में भी पहुँची। 1998 में राँची से प्रकाशित एक स्थानीय अखबार ने एक खबर छापी कि 1971 के शहीद परमवीर चक्र विजेता अल्बर्ट एक्का की पत्नी बलमदीना एक्का अभाव में जी रही हैं और वह दूसरों के खेतों में काम रही हैं। इस खबर के छपने के बाद समाज ने संवेदनशीलता दिखाई। अखबार ने तय किया कि अल्बर्ट एक्का की पत्नी के लिए राशि जुटाई जाएगी, ताकि उन्हें दूसरे के खेतों में काम न करना पड़े। इसके लिए जमशेदपुर में एक कमेटी बनी। पूर्वी सिंहभूम के तत्कालीन उपायुक्त संजय कुमार ने इसमें सक्रिय भूमिका अदा की। अभियान का चेयरमैन उन्हें ही बनाया गया और समाज के हर तबके को इस अभियान से जोड़ा गया। इसको लेकर शहर में कार्यक्रम होने लगे। जमशेदपुर में 24 अक्तूबर, 1999 को 'हम आपके साथ हैं मिसेज अल्बर्ट एक्का' नाम से विशाल कार्यक्रम का आयोजन किया गया। इस आयोजन में सेना के जवानों को भी आमंत्रित किया गया। सेना के तीन-चार सौ जवान और अधिकारी आए। गुमला गाँव से अल्बर्ट एक्का की पत्नी भी उस कार्यक्रम में पहुँचीं। वे अपने साथ 'परमवीर चक्र' मेडल लेकर पहुँची थीं। कार्यक्रम में 1,500 लोग जुटे थे और अल्बर्ट एक्का की पत्नी को उस भव्य समारोह में सवा चार लाख का ड्रॉफ्ट सौंपा गया।

इतना सब होने के बाद भी गुरबत ने साथ नहीं छोड़ा। शहादत के चार दशक बाद भी हालात बहुत नहीं बदले। शहीद के पुत्र विनसेंट एक्का ने बचपन में बकरी चराई। गाँव में किसी तरह पढ़ाई की, फिर महाराष्ट्र में किसी मिशनरी स्कूल में इंटर तक की पढ़ाई की। हॉस्टल में रहे, फिर नौकरी के लिए सरकार से गुहार लगाई। सरकार आँख मूँदे रही। सरकारी सुविधा के नाम पर 3 दिसंबर, 1999 को मेसो विभाग द्वारा टेंपो दिया गया। वह बेकार ही पड़ा रहा। राँची के सैनिक मार्केट में दुकान आवंटित की गई, लेकिन बिजनेस की प्रवृत्ति नहीं होने के कारण उसे

किराए पर दिया और उससे महज एक हजार रुपए किराया मिलता है, जबकि उस दुकान का किराया दस हजार रुपए महीने से कम न होगा। पेंशन ही सहारा था। उस समय के सी.एम., डिप्टी सी.एम., गृह सचिव सहित राज्यसभा सांसद माबेल रिबेलो को ज्ञापन सौंपकर नौकरी की माँग की। सिर्फ आश्वासन मिला। शहीद की बेवा बलमदीना एक्का ने बताया कि बिहार सरकार के समय पटना के कंकड़बाग में दो कमरों का फ्लैट मिला। घर की माली स्थिति खराब होने के कारण कंकड़बाग, पटना के फ्लैट को बेच दिया।

बलमदीना जारी गाँव में अपने टूटे-फूटे घर में लंबे समय तक रहीं। उम्मीद बँधाई। सरकार ने खूब वादे किए, लेकिन पूरे कुछ ही हो पाए। जारी प्रखंड बन गया है मगर यहाँ आनेवाली सड़क इतनी बदहाल है कि इधर से गुजरने पर हड्डियाँ बजने लगती हैं। घर बस नाम का है, कब ढह जाए पता नहीं। कुछ यादें अब भी बसी हैं जेहन में, कहती हैं—जब उनके पति शहीद हुए थे तो उसकी सूचना लाल रंग के पोस्ट कार्ड से मिली थी। बाद में दिल्ली में राष्ट्रपति भवन के अशोका हाल में तालियों की गड़गड़ाहट के बीच पति के मरणोपरांत परमवीर चक्र का सम्मान हासिल करना भी याद है। प्रशस्ति के रूप में ताम्रपत्र मिला था, जिसे सहेजकर रखा है। मीठी यादों में खोई बलमदीना फिर अचानक सच्चाई से रू-ब-रू होती हैं, घर की टूटी छप्पर देखकर कहती हैं, किसी तरह जीवन चल रहा है। बेटा बेरोजगार था। सरकार ने उसे पारा शिक्षक की नौकरी दी। बाद में 2012 में चैनपुर ब्लॉक में नौकरी मिली। किसी तरह घर का खर्चा चल जाता है। अब सरकार से चैनपुर के प्रेमनगर के खोपाटोली में जमीन मिली तो उसमें मकान बनाकर पूरे परिवार के साथ रहते हैं, बच्चों को पढ़ाने के लिए।

सरकार ने भी शहीद के परिवार को खूब छला। जो पाँच एकड़ जमीन तत्कालीन बिहार सरकार ने परिवार के भरण-पोषण के लिए दी

थी, वह जमीन किसी दूसरे की थी। जमीन को लेकर मुकदमा चला। बुधन सिंह और उनके परिजनों ने जमीन पर अपना दावा नहीं छोड़ा। अंत में झारखंड सरकार को झुकना पड़ा और प्रशासन ने दूसरी जगह पाँच एकड़ का प्लाट दिया। जमीन ऊबड़-खाबड़ थी, इस पर खेती मुमकिन नहीं। समतलीकरण के लिए लगभग साढ़े तीन लाख की योजना मनरेगा से स्वीकृत की गई, लेकिन समतलीकरण हुआ नहीं।

जो कुछ जमीन थी, उस पर अल्बर्ट एक्का के परिवार वालों की फसल जमीदारों ने 2008 में काट ली। पिछले वर्ष भी दबंगों ने फसल काट ली थी। झारखंड सरकार और वहाँ की पुलिस भी जमींदारों का ही साथ देती रही। इसी तरह शहीद के परिवार पर जुल्म ढाए जा रहे थे और पुलिस-प्रशासन चुप रहा। हथियारों से लैस मेघनाथ सिंह, चौतू सिंह, महेश्वर सिंह, केश्वर सिंह और भानू सिंह ने शहीद अल्बर्ट एक्का की विधवा बलमदीना एक्का, पुत्र विनसेंट एक्का और पुत्र वधू रजनी एक्का को भद्दी-भद्दी गालियाँ दीं। जान से मार देने की धमकी देकर खेतों से भगा दिया। ये सबकुछ गुमला जिले में 15 नवंबर को हुआ। 15 नवंबर को जब झारखंड राज्य की आठवीं वर्षगाँठ मनाने में झारखंड के नेता जहाँ एक ओर मशगूल थे, वहीं दूसरी ओर दर्जनों गुंडों के बल पर मेघनाथ सिंह ने शहीद अल्बर्ट एक्का की पूरी फसल काट ली। इस मामले के खिलाफ जब शहीद एक्का के परिवार वाले थाने पहुँचे तो पुलिस वालों ने कोई मामला दर्ज करने से इनकार कर दिया। बाद में गुमला न्यायालय में केस दर्ज कर कोर्ट से रक्षा की गुहार की। इस तरह संघर्ष करते हुए बलमदीना जीवन जी रही थीं। धीरे-धीरे अखबारों में उनके समाचार आने लगे तो सरकार और प्रशासन में थोड़ी हरकत हुई। सरकार ने उन्हें जमीन दी। चैनपुर में भी घर बनाने के लिए जमीन दी, जिस पर घर बनाकर परिवार के लोग रह रहे हैं।

□

6

44 साल बाद...

3 दिसंबर, 2015 को राँची से प्रकाशित सभी प्रमुख समाचार-पत्र उत्साह से भरे हुए थे। एक अखबार ने जैकेट पेज दिया था। हेडिंग लगाई— 'भारत-पाक युद्ध के नायक 'परमवीर चक्र' विजेता शहीद अल्बर्ट एक्का को नमन।' पवित्र मिट्टी से भरा पीतल का कलश फूलों के साथ चमक रहा था। कलश के दोनों ओर अल्बर्ट के बारे में क्रसर लगाकर जानकारी दी गई थी। बाएँ लिखा गया था—आज से ठीक 44 साल पहले, यानी 3 दिसंबर, 1971 को भारत-पाक युद्ध में देश की रक्षा करते हुए, पाकिस्तानी सेना को पस्त करते हुए लांस नायक अल्बर्ट एक्का शहीद हो गए थे। दूसरा क्रसर उनके गाँव के बारे में था—वे गुमला के जारी गाँव के रहनेवाले थे। वीरता के लिए उन्हें भारत का सबसे बड़ा सैन्य सम्मान परमवीर चक्र 'मरणोपरांत' प्रदान किया गया था। दाहिने लिखा था—यह लड़ाई गंगा सागर में हुई थी। त्रिपुरा के दक्षिण अगरतला से 15 किमी. दूर दुलकी गाँव में उनकी समाधि है। 44 साल बाद उनकी समाधि को खोजा गया है और दूसरा क्रसर—'मुख्यमंत्री रघुवर दास खुद कलश में रखी मिट्टी को शहीद अल्बर्ट एक्का के पैतृक गाँव जारी जाकर उनकी पत्नी बलमदीना एक्का को सौंपगे।'

अखबार ने अपने पाठकों से निवेदन भी किया था, 'शहीद अल्बर्ट

एक्का की समाधि की पवित्र मिट्टी 3 दिसंबर को राँची से जब जारी गाँव 'गुमला' की ओर बढ़ेगी, जगह-जगह आप कलश पर फूल बरसाकर अपने नायक का सम्मान करें।' राँची से गुमला और जारी गाँव तक लोगों ने फूल बरसाकर सम्मान किया भी। राँची से जारी तक लोगों में उत्साह कतई कम नहीं था।

जारी गाँव में स्मारक समाधि व शौर्य स्थल का शिलापट्ट

पर इस पूरे कार्यक्रम को आयोजित करनेवाली सरकार और उस अखबार को तनिक भी जारी गाँव में होनेवाली घटना की आशंका नहीं थी, जिसके कारण मुख्यमंत्री रघुवर दास को काफी फजीहत का सामना करना पड़ा। जारी गाँव से 160 किमी. दूर राजधानी राँची में सबकुछ सामान्य और ठीक-ठाक लग रहा था। राँची के डी.सी. उस जिप्सी को सजाने में व्यस्त थे, जिस पर अल्बर्ट एक्का की मिट्टी राँची से जारी गाँव तक जानी थी। उसी चौक से इस जिप्सी को सुबह जारी गाँव के लिए रवाना करना था, जिसके नाम पर चौक का नाम था—अल्बर्ट एक्का

चौक। तैयारी पूरी हो गई थी और तय समय के साथ जिप्सी से मिट्टी रवाना हुई। जारी गाँव में इस मिट्टी को बलमदीना को सी.एम. द्वारा सौंपा जाना था। सी.एम. पहुँचे भी, लेकिन उन्हें असहज स्थितियों का सामना करना पड़ा।

समाचार-पत्रों ने लिखा—'झारखंड के सी.एम. रघुवर दास के लिए तब शर्मिंदगी की स्थिति सामने आई, जब शहीद अल्बर्ट एक्का के परिजनों ने उनकी मिट्टी लेने से इनकार कर दिया। शहीद के परिजनों ने सरकार पर सवाल उठाए कि क्या उन्हें शहीद अल्बर्ट एक्का के नाम पर किसी दूसरे की मिट्टी दी जा रही थी? शहीद के परिवार ने राज्य सरकार से यह भी पूछा है कि उन्होंने कैसे पहचान की कि यह मिट्टी शहीद अल्बर्ट एक्का की ही है।

अल्बर्ट एक्का के बेटे विनसेंट एक्का ने सवाल उठाया, 'वे हमें अगरतला में अल्बर्ट एक्का की समाधि पर लेकर क्यों नहीं गए? हम

बिना सत्यता की जाँच किए अस्थिकलश कैसे स्वीकार कर लें? राज्य सरकार को अस्थि कलश लाने के लिए हमें वहाँ लेकर चलना चाहिए।' मुख्यमंत्री रघुवर दास के काफी मान-मनौव्वल के बाद भी अल्बर्ट एक्का की पत्नी बलमदीना एक्का और बेटे विनसेंट ने मिट्टी लेने से मना कर दिया। इसके बाद उस अस्थि कलश को गुमला डी.सी. के पास सुरक्षित रखवा दिया गया, जहाँ आज भी वही पीतल का कलश रखा हुआ है।

अल्बर्ट एक्का की मिट्टी ग्रहण करते तत्कालीन मुख्यमंत्री रघुवर दास

दरअसल, यह किसी को खबर नहीं थी कि कोई जवान अल्बर्ट एक्का की पवित्र मिट्टी लेकर आ रहा है। अचानक यह खबर आई अगरतला स्थित समाधि स्थल की मिट्टी बी.एस.एफ. के एक जवान जनार्दन कुमार लेकर राँची आ गए। दरअसल, जनार्दन अगरतला से अवकाश लेकर अपने घर गया लौट रहे थे। उन्हें किसने आदेश दिया और उन्होंने खबर छपने के बाद कैसे तत्काल उस जगह को तलाश किया, जहाँ अल्बर्ट को दफनाया गया था, इसका कोई सीधा जवाब

जारी गाँव में अल्बर्ट एक्का की कब्र

इस असहज स्थिति से दो-चार सी.एम. के सामने इसके अलावा कोई चारा नहीं था कि वे अधिकारियों को आदेश दें कि वे शहीद के परिजनों को अगरतला ले जाने की व्यवस्था करें। सी.एम. ने वहीं पर आदेश दिया कि 10 लोगों को सरकारी खर्चे पर दुल्की (अगरतला) भेजा जाएगा। दुल्की में जो जगह बताई गई थी, वहाँ एक छोटा वार मेमोरियल बना हुआ है। इसकी देखभाल करनेवाला कोई नहीं है। इसपर एक्का का नाम दूसरे लोगों के नाम के साथ लिखा गया है। स्थानीय लोगों को भी इसके बारे में कोई खास जानकारी नहीं है। वार मेमोरियल से केवल 100 मीटर की दूरी पर रहनेवाले भुवन दास ने उस दिन को याद करते हुए बताया था कि 14 दिसंबर को 12 सैनिकों के मृत शरीर जीप में भरकर यहाँ लाए गए थे। उन्होंने बताया कि इनमें से 10 हिंदू थे, जिनका हिंदू रीति-रिवाज से अंतिम संस्कार कर दिया गया। अल्बर्ट एक्का समेत दो ईसाई थे। उनके शरीर यहाँ दफनाए गए। उन्होंने बताया था कि उन

लोगों ने शहीदों के अंतिम अवशेष उठाए और इस वार मेमोरियल को बनवाया, लेकिन जहाँ अंतिम संस्कार हुए, अब वहाँ घर बन चुके हैं। अब अंतिम निशान ये वार मेमोरियल ही है। दरअसल, मिट्टी ले आने की भी एक अलग कहानी है। यह कोई नहीं जानता था कि अल्बर्ट जब शहीद हुए तो उनका पार्थिव शरीर गाँव नहीं आया था। तब, शायद यह प्रथा भी नहीं थी, जैसी आज है कि पूरे राजकीय सम्मान के साथ शहीद के पार्थिव शरीर को घर भेजा जाता है। बलमदीना जानती थीं कि उनकी मिट्टी नहीं, बस खबर आई थी कि वे देश के लिए शहीद हो गए। 44 साल बाद बलमदीना की इच्छा हुई कि उनकी मिट्टी उनके गाँव आए।

कब्र के पास खड़े अल्बर्ट एक्का के पुत्र विनसेंट एक्का

राँची से प्रकाशित अखबार ने 26 नवंबर, 2015 के अंक में प्रथम पेज पर एक खबर प्रकाशित की थी—'बीमार बलमदीना एक्का की इच्छा, मेरे पति अल्बर्ट एक्का की अस्थि को खोज कर झारखंड लाया जाए।' खबर इस प्रकार थी—'परमवीर चक्र विजेता शहीद अल्बर्ट

एक्का की पत्नी बलमदीना एक्का अस्वस्थ हैं। बूढ़ी हो गई हैं। उन्होंने इच्छा व्यक्त की है कि उनके पति शहीद अल्बर्ट एक्का की अस्थि को झारखंड (जारी गाँव, गुमला) लाया जाए। बीमार बलमदीना ने उनसे मिलने गए शुभचिंतकों से कहा—हम चाहत ही कि कोई हमर पति की अस्थि या माटी के भी हमर पास लाइन देवंय, ताकि उके दर्शन कइर के हम चैन से मइर सकब। इसके लिए उन्होंने झारखंड के मुख्यमंत्री रघुवर दास से भी आग्रह किया कि वे इस काम में मदद करें, ताकि अल्बर्ट एक्का की अस्थि (या उस स्थान की मिट्टी, जहाँ अल्बर्ट एक्का को दफनाया गया था) को झारखंड लाया जा सके। बलमदीना एक्का ने अपने पति की अस्थि सौंपने के लिए छह लोगों को अधिकृत कर दिया।

अल्बर्ट एक्का झारखंड और बिहार से 'परमवीर चक्र' पानेवाले एकमात्र फौजी हैं। उनकी पत्नी बलमदीना को भरोसा था कि यह सरकार उनके पति की अस्थि को अवश्य खोज निकालेगी। यह भरोसा इस कारण भी था कि मुख्यमंत्री के प्रधान सचिव संजय कुमार वही व्यक्ति हैं, जिन्होंने पूर्वी सिंहभूम के उपायुक्त रहते हुए 'प्रभात खबर' के साथ मिलकर अभियान चलाकर उन्हें 24 अक्तूबर, 1999 में सवा चार लाख रुपए की आर्थिक सहायता की थी।

लेकिन समस्या यह थी कि उन्हें दफनाया कहाँ गया था? जानकारी के अभाव में बलमदीना या उनके परिजन यह पता नहीं लगा सके थे कि उनके शव का अंतिम संस्कार कहाँ किया गया था? बलमदीना और उनके परिवार के करीबियों का मानना था कि इस काम में सेना उनकी सहायता कर सकती है, जिसके पास शायद रिकार्ड होगा।

बलमदीना उम्मीद में जी रही थीं। उन्हें भरोसा था कि त्रिपुरा के मुख्यमंत्री और झारखंड के मुख्यमंत्री उनके पति की समाधि (जहाँ उन्हें दफनाया गया होगा) को खोजकर वहाँ की मिट्टी–अस्थि को झारखंड

लाकर उनकी इच्छा को पूरा कर सकते हैं। इसके लिए बलमदीना ने खुद एक पत्र त्रिपुरा के मुख्यमंत्री को भी लिखा। एक पत्र मुख्यमंत्री रघुवर दास को सौंपा। मुख्यमंत्री से मिल कर बलमदीना का पत्र सौंपनेवालों में टी.ए.सी. के सदस्य रतन तिर्की, आलोक मिचियारी, जॉय बाखला, नेकी लकड़ा, डॉ अशोक महतो और डॉ. अंजू साहू शामिल थे।

प्रभात खबर ने अपील भी जारी की, झारखंड समेत देश भर के सैनिकों-अफसरों, भारतीय सेना और गंगासागर (जहाँ अल्बर्ट एक्का शहीद हुए थे) के नागरिकों से प्रभात खबर अपील करता है कि अगर उन्हें अल्बर्ट एक्का की समाधि (जहाँ उन्हें दफनाया गया होगा) की जानकारी हो तो कृपया प्रभात खबर, राँची को सूचित करें। प्रभात खबर की भी इच्छा है कि 'परमवीर चक्र' विजेता और झारखंड के सपूत अल्बर्ट एक्का की अस्थि ससम्मान झारखंड आए। प्रभात खबर के संपादक अनुज कुमार सिन्हा ने एक लेख लिखा—

'आज से ठीक 44 साल पहले, यानी 3 दिसंबर, 1971 को भारत-पाक युद्ध में देश की रक्षा करते हुए, पाकिस्तानी सेना को पस्त करते हुए लांस नायक अल्बर्ट एक्का शहीद हो गए थे। वे गुमला के जारी गाँव के रहनेवाले थे। वीरता के लिए उन्हें भारत का सबसे बड़ा सैन्य सम्मान 'परमवीर चक्र' (मरणोपरांत) प्रदान किया गया था। यह लड़ाई गंगासागर में हुई थी। त्रिपुरा के दक्षिण अगरतला से 15 किमी. दूर दुलकी गाँव में उनकी समाधि है। 44 साल के बाद उनकी समाधि को खोजा गया है। मुख्यमंत्री रघुवर दास खुद कलश में रखी पवित्र मिट्टी को शहीद अल्बर्ट एक्का के पैतृक गाँव जारी जाकर उनकी पत्नी बलमदीना एक्का को सौंपेंगे।'

यह सूचना अखबार को मिल गई थी कि उनकी समाधि खोज ली गई है। इसलिए आगे लिखा गया—'रोमांचित करनेवाला पल। 1971 के भारत-पाक युद्ध के नायक 'परमवीर चक्र' विजेता की समाधि की पवित्र

मिट्टी को उनकी पत्नी बलमदीना एक्का को मुख्यमंत्री रघुवर दास के हाथों सौंपने की तैयारी। उस नायक का एक बार फिर से सम्मान करने का सौभाग्य झारखंड के लोगों को मिला है, जिसने अपनी बहादुरी से युद्ध के मैदान में दुश्मनों को धूल चटाई थी। अपने देश की रक्षा करते हुए, बहादुरी से लड़ते हुए, दुश्मनों को मारते हुए वे शहीद हुए थे। इसी बहादुरी के कारण उन्हें देश का सबसे बड़ा सैन्य सम्मान 'परमवीर चक्र' (मरणोपरांत) दिया गया था।

यह पल ऐसे ही नहीं आया। लगभग 44 साल पहले, यानी 1971 के भारत-पाक युद्ध में अल्बर्ट एक्का शहीद हुए थे। उनकी शहादत के दिन, यानी 3 दिसंबर को गुमला के जारी गाँव में (जो उनका पैतृक गाँव है) हर साल मेला भी लगता है। किसी को पता भी नहीं था कि शहीद होने के बाद अल्बर्ट एक्का का पार्थिव शरीर उनके गाँव नहीं आया था और उसे कहाँ दफनाया गया था। उनकी पत्नी बलमदीना एक्का ने एक मार्मिक इच्छा व्यक्त की थी—मरने के पहले अपने पति की अस्थि (या माटी) का दर्शन करना चाहती हूँ। यह दिल को छू लेनेवाली बात थी। यह जानकारी मिली और उसी समय हमने (प्रभात खबर) तय कर लिया कि माटी का अखबार होने के नाते प्रभात खबर का यह दायित्व है, वह अल्बर्ट एक्का की समाधि को खोजे। प्रभात खबर ने सामाजिक दायित्व का निर्वाह करते हुए बलमदीना एक्का की इच्छा को पेज की लीड स्टोरी बनाई। पूरे झारखंड में रिपोर्ट छपी। हमने अपील भी की कि अगर किसी को, सैनिक-पूर्व सैनिक को भी अल्बर्ट एक्का की समाधि के बारे में कोई जानकारी हो, तो प्रभात खबर को सूचित करें।

कुछ सूचना मिली। इस बीच रतन तिर्की और उनके साथियों ने मुख्यमंत्री रघुवर दास से बात कर बलमदीना एक्का की इच्छा को बताया। मुख्यमंत्री तुरंत सक्रिय हो गए, अपने प्रधान सचिव संजय कुमार

को जिम्मेवारी सौंपी। उन्होंने टीम का गठन किया। प्रभात खबर ने अपने बंगाल और दिल्ली के साथियों को भी इस काम में लगाया। उस कमांडर को खोज निकाला, जो लड़ाई के वक्त अल्बर्ट एक्का के साथ थे। उन्होंने यह जानकारी दी कि अल्बर्ट एक्का की समाधि अगरतला में है। सरकार अपना काम कर रही थी, प्रभात खबर अपने हिसाब से खोजबीन में लगा था, लेकिन सबसे तेजी से काम किया पूर्व सैनिकों ने। बिना विलंब किए पूर्व सैनिक कल्याण संघ के सचिव अनिरुद्ध सिंह ने सेना (14 गाड्र्स) से संपर्क किया।

सेना के अफसरों ने तेजी से काम किया और बी.एस.एफ. को यह जिम्मेवारी सौंपी। सेना-बी.एस.एफ. के पास रिकॉर्ड थे। फिर पवित्र मिट्टी को सेना-बी.एस.एफ. ने राँची भेजा। उन तमाम लोगों को बधाई, जो इस अभियान में लगे रहे और अंजाम तक पहुँचाया। समाधि को खोजना कठिन काम था, लेकिन अगर जज्बा हो तो कुछ भी असंभव नहीं।

अल्बर्ट एक्का देश के नायक थे। उनका सम्मान ऐतिहासिक होना चाहिए। प्रभात खबर पहले भी अल्बर्ट एक्का की पत्नी को सम्मान-सहयोग देने का अभियान चला चुका है। 1999 में जमशेदपुर में यह बड़ा अभियान जिला प्रशासन के साथ मिलकर चलाया था। तब वही संजय कुमार पूर्वी सिंहभूम के उपायुक्त थे, जो इस समय मुख्यमंत्री के प्रधान सचिव हैं।

उस अभियान का नाम था—हम आपके साथ हैं मिसेज एक्का। माटी का अखबार होने के कारण प्रभात खबर अपने नायकों का सम्मान करता रहा है। इसी क्रम में झारखंड क्षेत्र के गैलेंट्री अवार्ड प्राप्त सैनिकों, सैन्य अफसरों पर प्रभात खबर ने शौर्य गाथा नामक पुस्तक का प्रकाशन किया है, इसका विमोचन 5 दिसंबर को होना है। इस पुस्तक में झारखंड के वीर सैनिकों (जिन्हें परमवीर चक्र, कीर्ति चक्र, वीर चक्र, शौर्य चक्र

मिला हो) की गाथा है। प्रभात खबर आगे भी अपने दायित्व को इसी प्रकार निभाता रहेगा।

शहीद अल्बर्ट एक्का की समाधि की पवित्र मिट्टी को उनकी पत्नी को सौंप देना अंतिम अभियान नहीं है। बेहतर है, देश-दुनिया को अपने इस नायक के बारे में अधिक से अधिक बताने की। ऐसे नायक बार-बार पैदा नहीं होते। भारतीय सेना में झारखंड का बहुत योगदान रहा है। खूँटी, गुमला, सिमडेगा, लोहरदगा जिलों के लाखों युवकों ने फौज में नौकरी की है और देश की सेवा की है, ऐसे फौजियों—पूर्व फौजियों को प्रभात खबर नमन करता है, गर्व करता है।

हमें झारखंड के स्वतंत्रता सेनानियों पर गर्व है, जिन्होंने अंग्रेजों को इस क्षेत्र में जमने नहीं दिया। इनमें बिरसा मुंडा, सिदो-कान्हू, बाबा तिलका माँझी, शेख भिखारी, तेलंगा खड़िया, पांडेय गणपत राय, ठाकुर विश्वनाथ शाहदेव, टिकैत उमरांव सिंह, नीलांबर-पीतांबर, जतरा भगत समेत अन्य शामिल हैं। झारखंड राज्य के लिए अनेक आंदोलनकारियों ने जान दी।

देश की सेवा करते हुए झारखंड के सैकड़ों सैनिक शहीद हुए. इन तमाम शहीदों की याद में झारखंड में कोई बड़ा शहीद पार्क नहीं है। सरकार चाहे तो इन शहीदों की याद में राँची शहर के आसपास एक बड़ा शहीद पार्क (बड़ा परिसर, 50-60 एकड़ का) बना सकती है, जिसमें शहीदों की प्रतिमाएँ हों, शिलापट्ट हों, इसी पार्क में झारखंड की संस्कृति से जुड़ा म्यूजियम हो, बेहतर पुस्तकालय हो, आर्काइब्स, अपने नायकों की जीवनी हो।

इसका उद्‌देश्य होगा—हम अपने नायकों से सीखें, प्रेरणा लें, उद्‌देश्यों से भटके नहीं। इस स्थल को टूरिज्म के तौर पर विकसित किया जा सकता है। ऐसे कार्य कर हम अपने शहीदों को याद कर सकते हैं। सच यह है कि आज की पीढ़ी अपने नायकों को नहीं जानती-पहचानती।

ये अपनी संस्कृति से दूर हो रही है। ऐसे में शहीद पार्क–परिसर का निर्माण कर सरकार भावी पीढ़ी को तोहफा दे सकती है। यह अपने शहीदों के प्रति नमन भी होगा।'

इस लेख को देने का उद्‌देश्य था कि हम उस समय को समझें। अल्बर्ट एक्का के परिजनों का शक होना वाजिब था। 26 नवंबर, 2015 को यह समाचार प्रकाशित हुआ कि 'मेरे पति अल्बर्ट एक्का की अस्थि को खोजकर झारखंड लाया जाए' और दो दिन बाद ही 28 नवंबर को प्रकाशित होता है, प्रभात खबर ने खोज निकाला लड़ाई के वक्त के कमांडर प्रो. पी. कोहली को। उन्होंने बताया कि अगरतला में अंतिम संस्कार हुआ था अल्बर्ट एक्का का। इस बात में सच्चाई थी। यह एक अच्छा प्रयास था। ओ.पी. कोहली 1971 के युद्ध में बैटल ऑफ हिली के कंपनी कमांडर थे। कर्नल प्रो. पी. कोहली इस्टर्न फ्रंट के गंगासागर रेलवे स्टेशन, जो अब बांग्लादेश में है—के पास 2 दिसंबर की रात व 3 दिसंबर की सुबह लड़े गए युद्ध में कंपनी कमांडर थे। अभी ये कोहली दिल्ली में रहते हैं। उन्होंने बताया था कि अल्बर्ट एक्का का अंतिम संस्कार अगरतला त्रिपुरा में किया गया था। अगरतला में वास्तविक स्थान की तलाश जारी है। अब केवल यह पता लगाना था कि आखिर किस जगह उन्हें दफन किया गया है।

अखबार बता रहा है कि अब केवल पता लगाना है कि उन्हें कहाँ दफन किया गया है और अगले दिन उसे उसकी जानकारी ही नहीं होती, बल्कि 30 नवंबर, 2015 के अंक में पहले पेज पर यह खबर भी प्रकाशित हो जाती है कि शहीद अल्बर्ट एक्का की समाधि की पवित्र मिट्‌टी आज पहुँचेगी राँची। खबर के साथ हेड कांस्टेबल जनार्दन कुमार की वह तसवीर भी छापी गई थी, जिसमें वह हावड़ा स्टेशन पर एक झोले में वह पवित्र मिट्‌टी लिये खड़े हैं। 30 को वे हाबड़ा हटिया से राँची पहुँचे। 1 दिसंबर को एक झोले में मिट्‌टी लेकर सैनिक राँची आ गया।

समाधि की मिट्टी लाकर गर्व है : जनार्दन

राँची पहुँचने के बाद अगले दिन अखबारों में बी.एस.एफ. सीमांत मुख्यालय सालबगान अगरतला के हेड कांस्टेबल जनार्दन कुमार की बाबत खबर छपी। जनार्दन ने कहा, 'मुझे मिट्टी लाकर गर्व का अनुभव हो रहा है। ऐसा होना भी चाहिए।'

जनार्दन ने क्या कहा, जो अखबारों में छपा, वह इस प्रकार था—'मुझे जे.बी. सांगवान बी.एस.एफ. डी.आई.जी. (डी.एस.ओ.) से निर्देश मिला था कि परमवीर अल्बर्ट एक्का की समाधि की पवित्र मिट्टी को राँची पहुँचाना है। मुझे इस काम के लिए चुना गया। इस पर मुझे गर्व है। परमवीर अल्बर्ट एक्का 1971 के युद्ध में शहीद हुए थे। उनकी मिट्टी को लाकर मेरा मनोबल और बढ़ा है। उन्होंने बताया कि रविवार की दोपहर दो बजे वे एयर इंडिया कोरियर के विमान से अगरतला (त्रिपुरा) से कोलकाता पहुँचे। जिसके बाद वे हावड़ा हटिया ट्रेन से राँची पहुँचे। ट्रेन की मिलिटरी बोगी में काफी भीड़ थी और उन्हें बैठने की जगह भी मुश्किल से मिल पाई। इस दौरान उन्होंने मिट्टी को हिफाजत से ऊपर रखा। राँची आने पर उन्होंने भूतपूर्व सैनिक कल्याण संघ के सचिव अनिरुद्ध सिंह को शहीद की समाधि की पवित्र मिट्टी सौंपी। उन्होंने इच्छा जताई है कि 3 दिसंबर को जब अल्बर्ट एक्का की पत्नी को मिट्टी सौंपी जाए तो वे भी उसमें शामिल हों। इधर, स्टेशन पर पवित्र मिट्टी को लेने पहुँचे अनिरुद्ध सिंह ने कहा कि इसे हिफाजत और सम्मान के साथ रखा जाएगा। उन्होंने कहा कि रविवार की सुबह मिट्टी निकाली गई और सोमवार की सुबह यह राँची पहुँच गई। यह खुशी की बात है। 3 दिसंबर को शहीद अल्बर्ट एक्का के गुमला स्थित उनके पैतृक गाँव में वे इसे शहीद की पत्नी बलमदीना एक्का को सौंपेगें।' इस जल्दबाजी ने सब गुड़गोबर कर दिया।

परमवीर की मिट्टी की खबर किसी को नहीं, सीधे राँची पहुँच गई।

इसके बाद 3 दिसंबर को पूरे तामझाम के साथ पीतल के एक कलश में मिट्टी भरकर जारी गाँव पहुँची, जहाँ बलमदीना ने मिट्टी लेने से इनकार कर दिया। बेटे ने कहा, 'हमें कोई सूचना नहीं दी गई। वे हमें अगरतला में अल्बर्ट एक्का की समाधि पर लेकर क्यों नहीं गए? हम बिना सत्यता की जाँच किए अस्थि कलश कैसे स्वीकार कर लें? राज्य सरकार को अस्थि कलश लाने के लिए हमें वहाँ लेकर चलना चाहिए।' इस तरह की आशंकाएँ खड़ी होने के बाद सी.एम. रघुवर दास ने अधिकारियों को आदेश दिया कि वे शहीद के परिजनों को अगरतला ले जाने की व्यवस्था करें। कुल मिलाकर 10 लोगों को सरकारी खर्चे पर दुल्की (अगरतला) ले जाने का बंदोबस्त किया गया। दुल्की में जो जगह बताई जा रही है, वहाँ एक छोटा वार मेमोरियल बना हुआ है। इसकी देखभाल करनेवाला भी कोई नहीं है। इसपर एक्का का नाम दूसरे लोगों के नाम के साथ लिखा गया है। स्थानीय लोगों को भी इसके बारे में कोई खास जानकारी नहीं है।

लेकिन 75 साल के भुवन दास को वह दिन याद रहा। वार मेमोरियल से केवल 100 मीटर की दूरी पर रहनेवाले भुवन दास ने बताया कि 14 दिसंबर को 12 सैनिकों के मृत शरीर जीप में भरकर यहाँ लाए गए थे। उन्होंने बताया कि इनमें से 10 हिंदू थे, जिनका हिंदू रीति-रिवाज से अंतिम संस्कार कर दिया गया। अल्बर्ट एक्का समेत 2 ईसाई थे। उनके शरीर यहाँ दफनाए गए। वहाँ से उन लोगों ने शहीदों के अंतिम अवशेष उठाए और इस वार मेमोरियल को बनवाया, लेकिन जहाँ अंतिम संस्कार हुए अब वहाँ घर बन चुके हैं। अब अंतिम निशान ये वार मेमोरियल ही है। जहाँ उन्हें दफनाया गया था, वहाँ गोपाल चंद्र दास का घर था, लेकिन जहाँ दफनाया गया था, वहाँ तुलसी का चौरा बना हुआ था। घर मालिक गोपाल चंद्र दास ने उस जगह की खुदाई की अनुमति दे दी। विनसेंट कहते हैं, हम लोग वहाँ गए। सेना ने खूब स्वागत किया। उस घर तक गए, जहाँ दफनाया गया था। भुवन दास ने ही उस दिन की बात बताई

और वह घर भी। अनुमति मिलने के बाद हम लोगों ने खुदाई कर मिट्टी ली और फिर वहाँ से हम सब राँची चले गए। 44 साल के इंतजार के बाद शहीद परमवीर अल्बर्ट एक्का की पवित्र मिट्टी 16 जनवरी, 2016, शनिवार को राँची पहुँची। बलमदीना और रतन तिर्की के नेतृत्व में गई टीम दोपहर 12 बजे राँची एयरपोर्ट पहुँची। यहाँ 11 बिहार रेजीमेंट के जवान ब्रिगेडियर ए.के. पांडेय के नेतृत्व में परमवीर की पवित्र मिट्टी को श्रद्धांजलि दी गई। गार्ड ऑफ ऑनर दिया गया, फिर बलमदीना को शाल ओढ़ाकर सम्मानित किया गया। इसके बाद अपने आंचल में अपने पति की मिट्टी लेकर वे जारी गाँव गईं।

9 जनवरी को टीम गई थी अगरतला

परमवीर की पत्नी बलमदीना एक्का पुत्र विनसेंट एक्का के साथ 9 जनवरी, 2016, शनिवार को अगरतला स्थित समाधि स्थल के लिए रवाना हुईं। टी.ए.सी. सदस्य रतन तिर्की की अगुवाई में भारतीय सेना की ओर से एक जूनियर कमांडिंग ऑफिसर और दो सेना के जवान और झारखंड मंत्रिमंडल समन्वय समिति के उपसचिव जॉर्ज कुमार, जॉय बाखला, प्रकाश कुजूर, अल्फ्रेड एक्का, सी.आई. लकड़ा, जोसेफ तिर्की कोलकाता होते हुए अगरतला गए। वहाँ सी.एम. और गवर्नर से भी मिले। जहाँ उन्हें दफनाया गया था, वह अगरतला से 15 किमी. दूर दुलकी गाँव है। गाँव में वह स्थान खोजा गया, जहाँ एक्का को दफनाया गया था। बलमदीना के साथ झारखंड से अगरतला गई टीम को 57 आर्टिलरी बिग्रेड दुलकी गाँव स्थित शहीद स्मारक ले गई। यहाँ बलमदीना को बाकायदा गार्ड ऑफ ऑनर दिया गया। स्मारक में श्रद्धांजलि देने के बाद उन्हें पड़ोस में ले जाया गया, जहाँ अल्बर्ट एक्का को दफनाया गया था। पड़ोस में गोपाल चंद्र दास का मकान है। गोपाल ने पूरे सम्मान से बलमदीना एवं टीम को बैठाया। उनकी आवभगत की। यहाँ पहुँचकर बलमदीना भावुक

हो उठीं, मोमबत्ती जलाकर अपने पति को याद किया। सेना ने बलमदीना को 21 हजार रुपए का चेक और मोमेंटो दिया। अगरतला गई झारखंड की टीम ने सेना का आभार प्रकट किया। एक्का को दफनाने के गवाह रहे 75 साल के भुवन ने पूरी कहानी बताई। कहानी सुन बलमदीना फूट-फूटकर रोने लगीं। टीम के सदस्यों और सेना के जवानों ने उन्हें ढाँढस बँधाया। इसके बाद वहाँ से मिट्टी लेकर बलमदीना एक सप्ताह बाद 16 जनवरी को राँची वापस आईं। एयरपोर्ट पर सम्मान और गरमजोशी से स्वागत किया गया। इसके बाद वाहन पर सवार होकर बलमदीना अपने पति की मिट्टी लेकर गाँव पहुँचीं। उस समय साँझ हो गई थी। पूरा गाँव अँधेरे में डूबा हुआ था। यह सबको पता था कि आज मिट्टी आ रही है। जिला प्रशासन ने कोई व्यवस्था नहीं की थी। एक थाना प्रभारी को छोड़कर वहाँ न राज्य सरकार का कोई नुमाइंदा था, न प्रशासन का कोई आदमी। अँधेरे में कैंडल के सहारे उस मिट्टी को ईसाई विधि-विधान के साथ दफन कर दिया गया। बलमदीना और विनसेंट फफककर रो पड़े।

गाँव में खुले सैनिक स्कूल

'परमवीर चक्र' विजेता शहीद अल्बर्ट एक्का की पत्नी बलमदीना एक्का की ख्वाहिश है कि जीते जी गाँव में सैनिक स्कूल खुले। मेरे गाँव के बच्चे भी मेरे शहीद पति की तरह सेना में भरती होकर देश की सेवा करें। अगर गाँव में ही सैनिक स्कूल खुल जाए, तो बच्चे यहाँ आसानी से पढ़-लिखकर सेना में भरती हो सकते हैं। मेरे पति के नाम से जारी प्रखंड बना, लेकिन इस प्रखंड के कई गाँव अभी भी बहुत दूर व पहाड़ पर हैं। पहाड़ी इलाके के गाँव में रहनेवाले बच्चे शहर में जाकर नहीं पढ़ सकते, क्योंकि उनके पास पढ़ने के लिए पैसे नहीं हैं। अपना पेट पालें कि शहर जाकर पढ़ें। इसलिए अगर जारी में सैनिक स्कूल खुलता है, तो बच्चे आसानी से यहाँ पढ़ सकते हैं। शहीद के छोटे भाई एक्समैन नायक

फरदीन एक्का भी यही बात दोहराते हैं। ये भी 1973 से 1994 तक सेना में थे। रिटायर होने के बाद फिलहाल गाँव में रह कर खेतीबारी करते हैं। फरदीन कहते हैं, जारी में अल्बर्ट एक्का जैसे वीर सपूत ने जन्म लिया था। इस क्षेत्र से कई लोग सेना में हैं। कई लोग रिटायर होकर घर में रहते हैं, परंतु जारी प्रखंड उपेक्षित है। इस क्षेत्र में अगर सेना बहाली के लिए कैंप लगाया जाए, तो कई युवक सेना में भरती होंगे। इस क्षेत्र की जो स्थिति है, अगर ज्यादा से ज्यादा युवकों को सेना में भरती किया गया, तो क्षेत्र में शांति व अमन-चैन रहेगा। सभी युवक देशभक्त हो जाएँगे। इसके लिए रतन तिर्की भी लगे हुए हैं। वे भी चाहते हैं, यहाँ सैनिक स्कूल खुले। उनके नाम पर बिहार में भी एक सड़क का नाम हो। दिल्ली में एक मार्ग अल्बर्ट एक्का के नाम से हो।

नहीं खुला एकलव्य स्कूल : जारी प्रखंड में एकलव्य स्कूल खुलना था, लेकिन नहीं खुल सका। जबकि स्कूल खोलने की पूरी तैयारी हो गई थी। अंतिम क्षण में उसे बसिया प्रखंड ले जाया गया। इसमें राज्य के एक नेता का हाथ था। इस तरह इस गाँव को बार-बार छला गया। यह गाँव आज भी विकास से कोसों दूर है।

□

7
राँची में तो लग गई...

परमवीर अल्बर्ट एक्का की शहादत के डेढ़ दशक बाद 1985 में राँची में उनकी आदमकद प्रतिमा स्थापित की गई। उस समय बिहार के मुख्यमंत्री बिंदेश्वरी दुबे ने मेन रोड स्थित फिरायालाल चौक पर उनकी आदमकद प्रतिमा का अनावरण किया। यह तारीख थी 14 अप्रैल। इस अवसर पर भव्य अनावरण समारोह का आयोजन किया गया था। सेना के अधिकारी, पूर्व मंत्री और कई गण्यमान्य लोग इस समारोह के साक्षी बने। राँची का यह चौक तब फिरायालाल फर्म के कारण फिरायालाल चौक कहलाता था। जब यहाँ प्रतिमा स्थापित कर दी गई तो इसका नामकरण 'अल्बर्ट एक्का' के नाम पर कर दिया गया। आज जहाँ प्रतिमा स्थापित है, वहाँ एक विशाल कुआँ होता था, लेकिन अब कुएँ का अस्तित्व समाप्त हो गया है। उस समय मुख्यमंत्री ने कई घोषणाएँ कीं। उनमें एक यह भी थी कि उनकी प्रतिमा पटना में भी लगेगी, जो आज तक नहीं लग पाई है। यहाँ के लोग आज भी पूछ रहे हैं, पटना में कब लगेगी परमवीर की प्रतिमा।

उस ऐतिहासिक क्षण की रिपोर्टिंग उस समय की आदवासी पत्रिका ने 18 अप्रैल, 1985 के अंक में मुखपृष्ठ पर प्रकाशित की। शीर्षक था—'परमवीर अल्बर्ट की प्रतिमा का मुख्यमंत्री श्री दुबे ने अनावरण किया।'

समारोह को संबोधित करते हुए मुख्यमंत्री बिंदेश्वरी दुबे ने कहा था, 'परमवीर अल्बर्ट एक्का के साहस, वीरता एवं बलिदान की कहानी सदियों तक इस क्षेत्र के नौजवानों को, लोगों को देशप्रेम के लिए प्रेरित करती रहेगी। परमवीर जैसे बलिदानी देशप्रेमी पर हमें नाज है। मूर्ति का अनावरण कर गौरवान्वित हूँ। इसी तरह के वीर शहीदों के त्याग की बदौलत हम आजाद हैं। अल्बर्ट एक्का देशभक्त बलिदानी सपूतों की श्रेणी में आते हैं, जिनके त्याग और बलिदान की बदौलत हमारा अस्तित्व है। इनके खून ने भारतमाता के चरण स्पर्श किए और आज भारत को दुनिया में गौरव प्राप्त है। आज इन्हीं सपूतों की बदौलत भारतवासी दुनिया में सिर ऊँचा करके चलते हैं। ऐसे वीर सपूतों का जीवन देश के लोगों का मार्गदर्शन करता है। देश की वर्तमान संकटपूर्ण घड़ी में आज देश को कमजोर करने की नाना कोशिशें चल रही हैं। अपने ही देश के कुछ लोग और विदेशीजन खतरा उत्पन्न करने की कोशिश में रहते हैं—अखंडता-एकता को तोड़ने का प्रयास करते हैं।' मुख्यमंत्री ने कहा कि 'देश की अखंडता और एकता एवं प्रजातंत्र को कायम रखने के लिए हमें हर तरह की कुर्बानी देने के लिए तैयार रहना चाहिए।'

'हमारे नेता राजीव गांधी का हाथ मजबूत किया है देशवासियों ने। हम उनके नेतृत्व में देश की खुशहाली के लिए कार्यरत हैं।'

'शहादत की कड़ी में हाल ही में देश की एक बड़ी हस्ती को भी अपनी शहादत देनी पड़ी—शहादत देनेवाली थीं श्रीमती इंदिरा गांधी।'

'सपूतों का जीवन-दर्शन देशवासियों को प्रेरणा देता रहेगा।' उन्होंने घोषणा की कि पटना में अल्बर्ट एक्का की प्रतिमा स्थापित करने की पूर्व प्रस्तावित योजना को शीघ्र ही कार्य रूप दिया जाएगा। उन्होंने मूर्तिकार श्री नारायण सोनावाडेकर को प्रतिमा निर्माण के सिलसिले में पटना आमंत्रित किया।

इस अवसर पर उपस्थित मेजर जनरल कुलवंत सिंह पन्नू ने अपने

भाषण के क्रम में कहा कि 'इसमें कोई संदेह नहीं कि परमवीर अल्बर्ट एक्का की इस प्रतिमा से देश के नौजवानों को भरोसा और देश के दुश्मनों के खिलाफ तैयार रहने की प्रेरणा मिलेगी। 1971 में बांग्लादेश में जिस बहादुरी का परिचय एक्का ने दिया, वह चिर स्मरणीय है और देश का मस्तक ऊँचा हुआ।'

राँची में लगी आदमकद प्रतिमा

समारोह की अध्यक्षता की सी.सी.एल. के अध्यक्ष सह प्रबंधक निदेशक श्री प्रसाद ने। उन्होंने प्रतिमा निर्माण का विवरण प्रस्तुत करते हुए कहा कि अल्बर्ट एक्का की प्रतिमा निर्माण हेतु सी.सी.एल. ने पूरा खर्च वहन किया है और इस निमित्त सवा 3 लाख रुपए दिए। प्रतिमा स्थल के रखरखाव का सारा खर्च भी सी.सी.एल. वहन करेगा। उन्होंने प्रसन्नता व्यक्त करते हुए कहा कि छोटा नागपुर के एक सपूत को आदर प्रदान करने का अवसर सी.सी.एल. को मिला।

उन्होंने घोषणा की कि अल्बर्ट एक्का समिति की ओर से पाँच हजार की राशि उनकी विधवा पत्नी को मुख्यमंत्री इस समारोह में प्रदान करेंगे। मुख्यमंत्री ने अल्बर्ट एक्का की विधवा को चेक प्रदान किया।

प्रारंभ में स्वागत भाषण में राँची के उपायुक्त श्री मदन मोहन झा ने अल्बर्ट एक्का चौक पर प्रतिमा स्थापना और उसके निर्माण की प्रक्रिया का विवरण प्रस्तुत किया। अपने भाषण के क्रम में उपायुक्त श्री झा ने कहा कि छोटा नागपुर का इतिहास शहीदों की कहानियों से भरा पड़ा है। परमवीर अल्बर्ट की कहानी इस प्रतिमा के माध्यम से घर-घर पहुँचेगी।

इस अवसर पर भूतपूर्व मंत्री श्री राम लखन सिंह यादव ने अल्बर्ट एक्का को देश के नौजवानों के लिए प्रेरणास्त्रोत बताया। उन्होंने चर्चा की कि बहुत पहले सिटीजन काउंसिल द्वारा निर्णय लिया गया था कि राँची और पटना में अल्बर्ट एक्का की प्रतिमा स्थापित की जाएगी।

अवकाशप्राप्त कर्नल श्री ए.डी. सिंह ने धन्यवाद ज्ञापित करते हुए कहा कि अल्बर्ट एक्का को दिया गया सम्मान देश के सभी सैनिकों का सम्मान है। नौजवानों को इंगित कर उन्होंने कहा कि इस प्रतिमा को आते-जाते आप देखेंगे। इससे कुछ भी प्रेरणा मिले, तो देश के लिए आप काम में लगाएँगे।

परमवीर अल्बर्ट एक्का की प्रतिमा के निर्माता चर्चित शिल्पकार श्री

नारायण लक्ष्मण सोनावाडेकर मुंबई निवासी हैं। इन्होंने शिल्प कला में स्नातक तथा अन्य योग्यताएँ प्राप्त की हैं। कला विद्यालय में प्राध्यापक भी हैं। इन्होंने कई महत्त्वपूर्ण प्रतिमाओं का निर्माण किया है।

इस अनावरण समारोह में मुख्यमंत्री ने अल्बर्ट एक्का स्मारक समिति की ओर से श्री सोनावाडेकर को मोमेंटो प्रदान किया। इस अवसर पर बड़ी संख्या में सेनाधिकारी तथा जवान एवं नागरिक समारोह में उपस्थित थे। मुख्यमंत्री ने जैसे ही प्रतिमा का अनावरण किया, मिलिटरी वाद्य धुन बजाई गई।

खबर यहीं समाप्त होती है, लेकिन उस प्रतिमा के स्थापित होने के 32 साल बाद भी पटना में परमवीर की प्रतिमा स्थापित नहीं हो सकी। सी.सी.एल. ने जो यहाँ दावे किए थे, उसने भी पूरा नहीं किया और अब अल्बर्ट एक्का चौक की प्रतिमा की देख-रेख दूसरी एजेंसी को दे दी गई है।

सी.सी.एल. ने अल्बर्ट के पैतृक गाँव जारी में उनके परिजनों के मकान के लिए सहयोग राशि प्रदान की थी। दो कमरों का मकान बना, बाकी उसी तरह रह गया। उस समय सी.सी.एल. ने मकान की देखभाल की जिम्मेदारी की बात कबूली थी, लेकिन उसने अपना काम ईमानदारी से किया होता तो वह मकान अब जर्जर हाल में नहीं होता। सरकारी घोषणाएँ पूरी होने के लिए नहीं होती हैं। पर, सी.सी.एल. जो, यहाँ से अरबों का कोयला बेचता है, उसने भी केवल दिखावे का ही काम किया। यदि उसने इस परिवार को सँभाल लिया होता तो परमवीर के परिवार को बार-बार सरकार से मदद की गुहार नहीं लगानी पड़ती।

□

परिशिष्ट

1

भारतीय सेना का कमाल

—ले. जनरल जगजीत सिंह अरोड़ा

भारतीय सेनाओं के पराक्रम और कुशल चतुर व्यूह रचना के कारण ही पाकिस्तानी जंगखोरों को बांग्लादेश में 14 दिनों के भीतर ही बिना शर्त आत्मसमर्पण के लिए मजबूर होना पड़ा।

पाक सेना को घेरकर आत्मसमर्पण कराने की व्यूह-रचना के संबंध में चार दिसंबर को कलकत्ते के पत्रकार-सम्मेलन में मैंने संकेत कर दिया था कि हमारा उद्‌देश्य पाकिस्तानी सेना को घेरकर उन्हें आत्मसमर्पण के लिए बाध्य कर देना है।

पाकिस्तानी सेना ने प्राय: सभी बड़े नगरों और विशेषत: छावनियों के इर्द-गिर्द पुरकश किलेबंदी कर रखी थी। बंकरों और पिल-बाक्सों की कतारों, शस्त्राशास्त्रों एवं गोला-बारूद के बड़े भंडारों से यह स्पष्ट था कि पाकिस्तानी सेना लड़ाई के लिए कृतसंकल्प थी। पाकिस्तानी फौज यद्यपि युद्ध के लिए आमादा थी, लेकिन कई सैनिक गढ़ बिना लड़ाई लड़े ही छोड़ दिए।

आरंभ से ही भारतीय सेना का उद्‌देश्य था कि पाकिस्तानी सेना को आत्मसमर्पण के लिए बाध्य कर दिया जाए। इसके लिए जो व्यूह-रचना की गई थी, वह परंपरागत नहीं थी, बल्कि विपरीत थी, नए ढंग की थी।

इस कार्य में शीघ्रता बरतनी भी थी, ताकि राष्ट्रसंघ या किसी दूसरे देश की ओर से कुछ पेचीदगियाँ न खड़ी कर दी जाएँ।

भारतीय फौज ने चतुराई की। हमारी सेना सीधे और जाने-पहचाने रास्ते से गुजरी नहीं, जिनकी पूरी हिफाजत का बंदोबस्त पाकिस्तान ने कर रखा था। मुख्य नगरों तथा प्रतिरोध-केंद्रों से हटते-कतराते हुए हम आगे बढ़े और शत्रु-दल के पीछे जा पहुँचे और इस तरह उन्हें घेरकर आगे मार्च किया हमने। अब तो शत्रु-सेना को अलग-थलग कर हमने उसे बहुत कमजोर भी कर दिया और ऐसी परिस्थिति ला दी कि उन्हें लड़ाई छोड़ देनी पड़ी। हथियार डालने के अलावा उनके पास कोई चारा ही क्या था।

धर्मयुग के पृष्ठ

पाकिस्तानी सेना को टुकड़ियों में विभक्त कर उनसे निबटना आसान था। हम तो इस बात के लिए चिंतित थे कि कहीं वे पीछे हटकर ढाका के आसपास जमाव न कर लें। यदि पाक-सैनिकों का ऐसा निश्चय हो जाता, तो हमारे लिए बड़ी कठिनाइयाँ उठ खड़ी होतीं।

बांग्लादेश में बड़ी-बड़ी नदियाँ हैं, नाले हैं और तालाबों की भरमार है। साथ ही बड़ी सड़कों की कमी भी है। इस कारण तीव्र गति से सैन्य संचालन एक दुष्कर कार्य है। पश्चिमी पाकिस्तान ने बड़ी सड़कों और नदियों के मुहानों पर नाकाबंदी-किलेबंदी कर रखी थी। फिर इस युद्ध में पीछे हटती पाक सेना ने नदी पर बने पुलों को ध्वस्त भी कर दिया था। पूर्व में कोमिला और लक्षम, उत्तर में दिनाजपुर-सिलहट तथा पश्चिम में जैसोर एवं खुलना क्षेत्रों में वैसी ही लड़ाइयाँ लड़ी गईं, जैसे पाकिस्तानी चाहते थे, लेकिन बाद में हमने अपनी रणनीति अपनाई। हमने सीमाओं पर दुश्मन-फौजियों को जकड़ दिया, फिर उसने अपने प्रतिरोध अड्डों पर पहुँचने की चेष्टा की, लेकिन हमने उसके हटने के रास्ते को काट दिया और उनकी कोशिश को नाकाम कर दिया।

धर्मयुग के पृष्ठ

बांग्लादेश के आकाश पर हमारा कब्जा हो गया था। वायुसेना ने काफी सहयोग-सहायता की। चालना, चटगाँव आदि प्रमुख बंदरगाहों की खाड़ी में नाकेबंदी भी कर दी। इससे पाकिस्तान की हालत पतली हो गई। बाहर से सप्लाई की संभावना भी खत्म हो गई और उनके लिए भाग निकलना भी दुष्कर हो गया। पूर्व में मेघना नदी के विशाल पाट

को बिना समय खोए लाव–लश्कर के साथ पार करना टेढ़ी–खीर थी। पाकिस्तानियों ने इस नदी के पुल को भी तोड़ दिया था। हमारे पास केवल दस हेलीकॉप्टर थे, एक दिन में इनसे हमने 84 उड़ाने भरीं और एक बटालियन सेना को नदी के पार किया। हेलीकॉप्टर से नदी पार

जेसोर में बांग्ला देश की मुक्ति फौज की एक टुकड़ी अग्रिम मोर्चे की ओर बढ़ती हुई.

जेसोर-ढाका सड़क पर पाकिस्तानी सेना की ओर मशीनगन तथा राइफलें ताने हुए मुक्ति सेनानी.

जेसोर नगर में मोर्चे पर डटे हुए मुक्ति फौज के जवान. इनमें से अधिकांश के पास द्वितीय विश्वयुद्ध में उपयोग की जानेवाली राइफलें भर थीं.

जेसोर के अग्रिम क्षेत्रों में पाकिस्तानी सेना से छीने हुए स्थानों की चौकसी करते हुए मुक्ति योद्धा. चौकसी के लिए जीप गाड़ियों का अभाव होने के कारण उन्होंने रिक्शों का सहारा लिया.

प. पाकिस्तानी सेना के कब्जे से छीनी हुई बेनापोल रोड चौकी पर बांग्ला देश का ध्वज फहराता हुआ एक मुक्ति सेनानी.

(चित्र : सहयोगी हिंदुस्तान टाइम्स से साभार)

★

ढाका की एक सड़क पर अपने दमन के अभियान पर निकले इस टैंक का चित्र अमरीकी टेलीविज़न के कैमरामैन ने अपने निष्कासन के पूर्व होटल इंटरकांटिनेंटल की खिड़की से लिया तथा फिल्म की रील पाकिस्तान से बाहर किसी तरह निकाल ले जाने में सफल हो गया.

अन्य चित्रों के लिए

धर्मयुग के पृष्ठ

सेना ले जाने की बात से दुश्मन को हैरत हुई। हमने स्टीमर, छोटी-बड़ी नावें, जो भी मिलीं, उनसे नदी को पार किया। ढाका के 40 मील उत्तर तगैल में हमने विमानों के सहारे 700 छाताधारी सैनिक उतारे और समाचार-पत्रों को बताया कि पाँच हजार छाताधारी सैनिक उतारे गए हैं। खुशकिस्मती से हमारे समाचारों से पाकिस्तानी घबरा गए। ढाका पहुँचने के लिए हमने पाँच-छह दिशाओं से कूच किया। हमने साइकिल रिक्शा तक का व्यवहार किया। खुफियागिरी करने तथा अन्य सहयोग करने में मुक्तिवाहिनी तथा स्थानीय लोगों ने सर्वत्र हमारी बहुत सहायता की।

भारतीय-सेना का लौह शिकंजा कसने के साथ हमारे दिलेर एवं दक्ष हवाबाजों ने ढाका में ठीक निशाने पर पाकिस्तानी गवर्नर डॉ. मल्लिक के सरकारी निवास-स्थान पर बम बरसाए। हमने ढाका और इसलामाबाद में हुई बातचीत भी सुन ली। जब तीसरी बार हमारे चतुर हवाबाजों ने बम की वर्षा की, तो गवर्नर के होश फाख्ता हो गए तो उसकी सरकार ने इस्तीफा दे दिया और होटल इंटर-कांटिनेंटल में उसने शरण माँगी।

हमारी पहली टुकड़ी ने ढाका छावनी के करीब पहुँचकर गोलाबारी शुरू की। उस समय उनके पास चार तोपें थीं, लेकिन पाकिस्तानियों का हौसला पस्त को चुका था।

15 दिसंबर को प्रातःकाल पाकिस्तानी जनरल नियाजी ने संदेश भेजा कि वह युद्ध विराम चाहते हैं, हमने जवाब दिया कि युद्ध विराम नहीं। कल सवेरे नौ बजे आत्मसमर्पण करें।

उसके बाद की कहानी तो सर्वविदित ही है...

शत्रु की हार का मुख्य कारण योजना का अभाव और गलत अनुमान था। विभिन्न टुकड़ियों और उप टुकड़ियों के रूप में क्षमतापूर्वक अच्छी तरह लड़ाई लड़ी, फिर भी उनका आयोजन दोषपूर्ण था। पाकिस्तानी उच्चाधिकारियों ने सप्लाई के पहलू पर अधिक विचार नहीं किया। अपने आपको बहुत दूर-दूर तक फैला दिया और बहुत अधिक स्थलों

की हिफाजत की कोशिश की। पाकिस्तानी फौजी उच्चाधिकारियों का अनुमान था कि भारतीय सैनिक-काररवाई का उद्देश्य बांग्लादेश की हुकूमत स्थापित कर उसे मान्यता प्रदान करना भर था। उन्होंने यह कदापि नहीं सोचा था कि हमारा उद्देश्य पाकिस्तान को पूर्णतया पराजित करना है और साथ ही ढाका पर कब्जा करना है।

(ले. जनरल जगजीत सिंह अरोड़ा ने यह भाषण 7 जनवरी, 1972 को राँची के रोटरी हॉल में आयोजित सभा में दिया था। आदिवासी पत्रिका ने उस भाषण का संपादित अंश प्रस्तुत किया था। यह वही भाषण है।)

□

2

भारतीय सेना पर भरोसा

पाकिस्तानी फौज के दुर्जेय समझे जानेवाले गढ़ जैसोर को राँची स्थित 9वीं पैदल डिवीजन ने मुक्त कराया था। जैसोर मोर्चे से वापस आए एक मेजर जगदीश चंद्र लाल ने बताया कि जैसोर खुलना क्षेत्र में भारतीय सेना के पहुँचने के पूर्व नगरों, कस्बों एवं बस्तियों के घरों में केवल वयोवृद्ध व्यक्ति ही रहते थे। युवक-युवतियाँ नहीं थीं। कितने युवक तो मुक्तिवाहिनी में शामिल हो गए थे। बुद्धिजीवी वर्ग एवं युवकों को पाकिस्तानी सेना व रजाकारों के कोपभाजन का विशेष डर रहा था।

मेजर लाल ने बताया कि बांग्ला देशवासियों को भारतीय सेना पर इतना भरोसा था कि जैसे-जैसे भारतीय सेना आगे बढ़ती जाती थी, लोग दूरस्थ गाँवों से अपने परिवारों की महिलाओं को लाते जाते थे। कई जगह हमने देखा कि हमारे पहुँचने के तुरंत बाद ही बड़ी संख्या में महिलाएँ अपने घरों में लौटी हैं। कहीं-कहीं हिंदू महिलाओं को काफी संख्या में देखकर हमें आश्चर्य भी हुआ। हमें बताया गया कि इन्हें स्थानीय बंगाली मुसलमानों ने अपनी जान जोखिम में डालकर अपने यहाँ शरण दी थी। आश्रयदाताओं ने उत्साह एवं गर्व के साथ कहा कि हमारे बीच कोई सांप्रदायिकता नहीं। हम न हिंदू हैं और न मुसलमान। हम सब बांग्लावासी हैं और अपना कर्तव्य निभा रहे हैं।

□

3

जो अब याद नहीं रहे

भारत-पाक 1971 के निर्णायक युद्ध में 16 दिसंबर की तारीख अहम है। इस दिन पाक की सेना ने आत्मसमर्पण किया था और एक नए देश बांग्लादेश का अभ्युदय हुआ था। दिसंबर की कड़कड़ाती ठंड में 13 दिन तक चले युद्ध में भारत ने 45 एयरक्राफ्ट खोए थे, 73 टैंक, एक युद्धपोत के साथ ढाई हजार अधिकारी-सैनिक शहीद हुए। इन शहीदों में अपने झारखंड से अल्बर्ट एक्का सहित दो दर्जन और लोग थे, जो राँची और आसपास के थे। इनमें हम अल्बर्ट एक्का को तो याद करते हैं, बाकी शहीद सैनिकों को बिसार दिए हैं। यह भी कि अल्बर्ट को तो मरणोपरांत 'परमवीर चक्र' से नवाजा गया, बाकी सैनिकों को हम इस दिन याद करना भी जरूरी नहीं समझते। राज्य की सरकार ने भी इन शहीद सैनिकों की कभी सुध नहीं ली। दो दर्जन से ऊपर जवानों ने उस युद्ध में अपना बलिदान दिया। युद्ध के समय गुमला, राँची जिले में था। वह 1983 में राँची से अलग हुआ। इसलिए, इस सूची में गुमला नाम अंकित है, हालाँकि यह सूची पूरी नहीं है। जो सूची मिल सकी थी, वह यही थी। सरकार की जिम्मेदारी थी कि वह खोज करे और बताए कि झारखंड के कितने जवान शहीद हुए थे, पर आज तक वह खोज ही रही है। उस समय राँची के तत्कालीन उपायुक्त ईश्वर चंद्र कुमार ने प्रखंड

विकास पदाधिकारी को आदेश दिया कि वे स्वयं भारत-पाक युद्ध में शहीद हुए जवानों के परिवारों के सदस्यों से मिलकर जाँच-पड़ताल करें और माँगी गई सूचना अविलंब भेजें, ताकि उन पर उचित काररवाई शीघ्र की जा सके। यही नहीं, तत्कालीन बिहार सरकार ने घोषणा की थी कि वह भारत-पाक युद्ध में शहीद परिवारों के आश्रितों की देखभाल करेगी, नौकरी देगी या अन्य सुविधाएँ देगी। लड़की के विवाह का खर्च भी देगी। नकद पाँच हजार रुपए भी देगी। पर आश्रित आज भी आश्रित ही हैं।

यह जो सूची है, वह 'आदिवासी' के गणतंत्र दिवस अंक-26 जनवरी, 1972 में समर कुमार ने प्रकाशित की थी।

जो शहीद हुए

1. ले कर्नल ए.बी. गुहा, बी-59 डोरंडा, राँची।
2. मेजर बी.एस. मस्ताना, 18 बी, इंजीनियर लाइन।
3. सिपाही बर्नाबास मिंज, ग्राम बीतरी, पो.-भीखमपुर, पंचायत जरमना, डुमरी।
4. जी.डी.एम. एस. जोसेफ टोपनो, बीचागाड़ा, पो.-जुरदाग, कर्रा।
5. सिपाही सिरील टोप्पो, ग्राम बंदुआ, नवडीह पंचायत, मझिगांव, डुमरी।
6. सिपाही दाउद बारला, ग्राम बकाकेरा, पो. महुगाँव, लापुंग।
7. सी.एफ.एन. वी.एम. लोहरा, ग्राम बडगाँव, पो.-सिसई।
8. सिपाही फिलीप सुरीन, ग्राम व पो.-पिनपी, पंचायत सरिता, कामडारा।
9. हवलदार बेलहम मिंज, ग्राम कजरीटांड़, पाकरडांड।
10. सिपाही हरमन गुडिया, ग्राम देरांग, दुमंगदीरी, तोरपा।
11. हवलदार बर्नवास कीड़ो, ग्राम जीहमटांगर, कमडरा, तोरपा।

12. जी.डी.एम.एस. दसई उरांव, ग्राम बांसजारी, महुआजारी, कैंबो, मांडर।
13. जी.डी.एम.एस. उजैन टोप्पो, कोयनार टोली, सतियो, घाघरा, लोहरदगा।
14. सिपाही चामू उराँव, ग्राम फुग्गू, गुमला।
15. सिपाही जोसेफ तिग्गा, ग्राम कपास गुतरा, पो.–जवाल डुमरी।
16. एन.बी. सूबेदार पौलुस आइंद, ग्राम पतरा, पंचायत कुरसे, कर्रा।
17. सिपाही प्रभुदान हेम्ब्रम, झाटीनूली, तोरपा, पंचायत कमरा।
18. लायंस हवलदार पौलूस टोपनो, ग्राम तुरीगाड़ा, पो.–मरचा, पंचायत कर्रा मरचा, तोरपा।
19. सिपाही रेजोन गुडिया, ग्राम कोरामडारा, पो.–बारदा, तपकरा, तोरपा।
20. जी.डी.एम.एस. अल्बर्ट एक्का, ग्राम जारी, पो.–भीखमपुर, डुमरी, गुमला।
21. जी.डी.एम.एस. डेविड तिग्गा, ग्राम दुबलाबेड़ा, पो.–जोन्हा, अनगड़ा।
22. लायंस नायक लुइस लकड़ा, ग्राम कांजी करमटोली, पंचायत दीना, डुमरी।
23. सिपाही जोहन मिंज, ग्राम रघुनाथपुर, पो.–सोंस, चान्हो।

□

4

थाक-थाक तोमार घोड़ागाड़ी आमरा हेंटे इ जाबो

—डॉ. शिवप्रसाद सिंह

बांग्लादेश में चलनेवाले स्वाधीनता-संघर्ष में हँसते-हँसते मरनेवाले लोगों के बारे में मैं जब भी कोई बयान पढ़ता हूँ, मुझे रवि बाबू का गीत याद आने लगता है—

कोन कानने जानिने फूल
गंधे एत करे आकुल
कांन गगने उठे रे चाँद
एमन हांसि हँसे
ओ माँ आँखि मेलि तोमा आलो
देखे आमार चोख जुड़ालो
ए आलोके नयन रेखे
मुंदबा नयन शेषे
सार्थक जनम आमार
जन्मेछि ए देशे।

नहीं जानता कि किसी और कानन में ऐसे फूल होते हैं, जिनकी गंध प्राणों को ऐसा आकुल कर सकती है। मुझे नहीं मालूम कि किसी और

गगन में ऐसा चाँद होता है, जो इस तरह खिल–खिलाकर हँसता है। हे माँ, तुम्हारे इस आलोक को देखकर मेरे नयन जुड़ाते हैं। इसी आलोक को आँखों में लिए नयन बंद कर लूँ, यही कामना है। मैं ऐसे देश में जन्मा कि जीवन सार्थक हो गया।

इस अंक की विशेष सामग्री

इसके अतिरिक्त

कथा साहित्य

कविताएं

स्थायी स्तंभ

मुखपृष्ठ

संपादक : धर्मवीर भारती

জয় বাংলা

बांग्ला देश का जेसोर जिला 'मुक्ति फौज' की असाधारण बहादुरी और पाकिस्तानी सैनिकों की कायरतापूर्ण बर्बरता का एक अद्वितीय उदाहरण है. साथ के चित्र इन तथ्यों की आँखों देखी कहानी कह रहे हैं.

चित्र : ऊपर : जेसोर के बरियाली क्षेत्र से भागते समय पाकिस्तानी सैनिक झोंपड़ों तक को नष्ट करने से बाज नहीं आये.

चित्र : बायें : याहियाशाही के खूंख्वार इरादों से टक्कर लेने के लिए निहत्थे लोगों ने जेसोर के निकट मुख्य सड़क पर पाकिस्तानी सेनाओं का मार्ग रोकने के लिए एक विशाल वृक्ष काट कर गिरा दिया. पास खड़ी है स्थानीय स्वयंसेवकों की एक कार जिस पर अवामी लीग का झंडा फहरा रहा है.

चित्र : नीचे : झांकरा (जेसोर) के निकट एक मोर्चे पर डटे हुए मुक्ति फौज के सतर्क सेनानी. भागते हुए पाकिस्तानी सैनिकों ने जो अंधाधुंध विनाश किया है वह इस वृक्ष से स्पष्ट समझा जा सकता है.

• छाया : लैंड एंड लाइफ, कलकत्ता.

धर्मयुग के पृष्ठ

लाखों लाख व्यक्तियों का यह जोश न तो गद्दारी है न देशद्रोह। इन्हें राज्य और शासन की मर्यादा का ढोल पीटकर दबाया नहीं जा सकता। शासन उस वक्त शैतान बन जाता है, जब वह जनता की इच्छाओं को, जीने और जीते रहने की मामूली ख्वाहिशों को संगीनों की नोंक पर उछालने की कोशिश करता है और आदमी के मामूली सपनों को अपने भद्दे बूटों से कुचल देने की वहशियापना हरकत करता है। ऐसे शासन को लानत है। पाकिस्तानी फौजी शासन ने खुलेआम इस क्रांति को शरारतपसंदों की छेड़छाड़ कहा और फौजी छावनियों में घोषणा की कि मुजीब कहता है कि बंगाली बहुमत में हैं, इसलिए वे पाकिस्तान पर हुकूमत करेंगे, हमें इन्हें अल्पमत में बदल देना है, ताकि ये पंजाबी और पठानों पर शासन का मनसूबा न रख सकें।

उसने खुले चौराहे पर लोगों की भीड़ को संबोधित करते हुए कहा, 'सुनो लोगो! संसार के तमाम खूँखार दरिंदों से कहीं बदतर एक जानवर होता है, जिसे शासन कहा जाता है। यह निहायत बदसूरत और गलीज झूठ बोलता है। ये अल्फाज सिर्फ इसी की जुबान से निकलते हैं कि मैं, यानी शासन ही जनता हूँ। हाँ···हाँ···हाँ। यह झूठ है। सरासर झूठ है। निर्माता वह है, जिसने जनता को बनाया। उसने इनके ऊपर मुहब्बत और विश्वास की छाँव डाली और हुकूमत? हुकूमत वह ध्वंसकारी गिरोह है, जो बहुमत को हिकारत से देखती है और जनता पर तलवार और संगीनों की छाया तानती है।' इस तरह बोला जरथ्रुस्ट। नीत्से का यह पागल दार्शनिक आज जाने क्यों बार-बार याद आता है। साढ़े सात करोड़ जनता ने अपने सपनों और अरमानों को पूरा करने के लिए जिस आदमी को चुना, जिसे उन्होंने खुलेआम अपना एकमात्र रहनुमा और नेता करार दिया, वह देशद्रोही और गद्दार है, जबकि दुनिया भर से भीख माँगकर बटोरे हुए जंगी सामानों की ढेरी पर खड़ा याहिया खान पाकिस्तान का सदर है और वह मुल्क की एकता और हुकूमत की मर्यादा को बचाने के नाम पर जो कुछ कर

रहा है, वह पाकिस्तान का अंदरूनी मामला है। कैसी बदसूरत होती है, हुकूमतों के नाम पर बनाई गई यह संवैधानिक साजिश। इसने दुनिया के छोटी-बड़ी तमाम हुकूमतों के मुँह सिल दिए हैं। असल में हुकूमतों की भी एक अंतरराष्ट्रीय गिरोहगर्दी होती है, जहाँ एक-दूसरे के जुल्म और अमानवीय कार्य को ढकना-तोपना गिरोह स्वार्थ की संहिता का परम पवित्र उद्‌देश्य होता है।

हमारे देश के लोग परेशान हैं कि यदि ऐसी घटनाओं को समर्थन दें तो एक दिन नगालैंड, कश्मीर, तमिलनाडु आदि को भी देश से अलग होने से बचाया न जा सकेगा। कुछ लोग कहते हैं क्या दोनों बंगाल मिलकर एक हो जाएँ। पता नहीं इस शंका पर पागल दार्शनिक जरथ्रुस्ट क्या कहता पर एक मामूली बौद्धिक भी आसानी से कह सकता है कि क्या पूर्वी पाकिस्तान की घटनाओं से इतना भी नहीं सीख पाए कि मुहब्बत और विश्वास की छाया के नीचे ही एकता होती है, संगीनें और तलवारें एकता नहीं पैदा कर सकतीं।

हुकूमत हमेशा झूठ बोलती है। जनता एक-न-एक दिन अपने खून का हिसाब माँगती है, उसे जिस दिन यह विश्वास हो जाएगा कि अलगाव की बात करनेवाले गिरोह-स्वार्थ की संहिता का पालन कर रहे हैं, वह उन हुकूमतों को इसी तरह दफना देगी, जैसे बांग्लादेश में हो रहा है। एकता एक-दूसरे की मदद से बेहतर जीवन जीने के बुनियादी प्रश्न पर टिक सकती है। यदि ऐसा नहीं है तो वह नकली एकता है। सवाल इस या उस हिस्से का नहीं, सवाल इनसान का है, जनता का है। आप जनता के नाम पर कुछ ही समय तक अपना उल्लू सीधा कर सकते हैं। कागज की नाव हमेशा नहीं चला करती। इसलिए हमें बांग्लादेश की घटनाओं पर नए सिरे से सोचने की जरूरत है। बहुत बरसों के बाद इस उपमहाद्वीप की जनता और नेताओं के सामने ऐसा अवसर आया है कि हम स्वार्थ और संकुचित सीमाओं से बाहर निकलकर कठोर यथार्थ की जमीन पर

खड़े होकर सही ढंग से सोचना शुरू करें। इस नवचिंतन में बहुत-सी चीजें टूटेंगी, जिन से हमारा मोह भंग हो सकता है, पर मोहबिद्ध स्थिति से छुटकारा पाने का सुअवसर भी जातियों को कभी-कभी ही मिलता है।

स्वतंत्रता जन्मसिद्ध अधिकार है, कहनेवाला मांडले की जेल में बंद कर दिया गया। यह स्वतंत्रता शब्द भी खूब छलावा है। स्वतंत्रता के नाम पर आजकल एक-से-एक नारे प्रचलित हो गए हैं। हमें इसीलिए असली और नकली स्वतंत्रता में भेद करना होगा। असली स्वतंत्रता विश्वव्यापी मानवता की जरूरत है, नकली स्वतंत्रता गिरोह-स्वार्थ वालों की सत्तालिप्सा का आवरण होती है। मैं कम्युनिस्ट शासन में व्यक्ति की सत्ता और स्वतंत्रता को नकारने वाली हुकूमत की लफ्फाजी का सख्त विरोधी हूँ, पर मुझे फ्रेडरिक एंजिल्स का यह कथन हमेशा ही सही और सार्थक लगता रहा है कि 'स्वतंत्रता प्राकृतिक नियमों को इनकार करने की काल्पनिक स्थिति का नाम नहीं है, बल्कि मनुष्य की जरूरत को पूरा करने की छूट की स्वीकृति है।' मनुष्य को मामूली जरूरतें पूरी करने की भी जहाँ छूट नहीं होती, वहीं असली स्वाधीनता संघर्ष जन्म लेता है। यह असली स्वाधीनता मनुष्यता की स्वाभाविक अस्तित्वमूलक विशेषता है। यह कभी विभाजित नहीं होती। कभी धर्म, राष्ट्र, संस्कृति आदि की मामूली सीमाओं से घेरी नहीं जा सकती। इस स्वाधीनता के सैलाब को मजहब या राष्ट्रीय एकता के नाम पर कुचला नहीं जा सकता और इसीलिए हर मनुष्य का यह स्वधर्म है कि मनुष्यता की इस अविभाज्य आत्मिक माँग को पूरा समर्थन दे। बांग्लादेश की स्वाधीनता का संघर्ष असली स्वाधीनता संघर्ष है, क्योंकि वह संघर्ष वहाँ की जनता के जीवन की मामूली जरूरतों को पूरी न हो सकने की स्थिति से जन्मा है, इसलिए यह एक आंतरिक असली और बुनियादी स्वाधीनता-संग्राम है। इसे स्वीकार करने में धर्म, संविधान, राष्ट्रीयता, अंतरराष्ट्रीय तौर-तरीकों की दुहाई देकर हिचकना अमानवीय और मानवधर्म के विपरीत है।

असली स्वाधीनता संग्राम एक प्रकाश स्तंभ होता है, जो न केवल अपने मूल स्थान में अंधकार और तमस की जड़ता से टकराता और उसका विनाश करता है, बल्कि अपनी ओर सहानुभूति और मानवधर्मिता के भाव से देखनेवालों को भी नया प्रकाश और उत्साह प्रदान करता है। असली स्वाधीनता संग्राम को राजनीतिक मतवादों की घुसपैठ से धूमिल और निरर्थक बनाने की कोशिशें भी कम नहीं होतीं, बल्कि प्रायः इनसे बच पाना असंभव नहीं तो कठिन तो अवश्य ही रहा है, पर कभी-कभी प्रकृति मनुष्यता को सही दिशा-निर्देश देने के लिए शुद्ध स्वाधीनता-आंदोलन को जन्म देकर उदाहरण भी पेश करने का काम करती रहती है। आज यदि मुजीब अमेरिकी, चीनी या रूसी मतवाद का पिट्ठू होता तो उसे बिना माँगें अतुल सहायता मिल जाती पर तब यह भी खतरा होता कि एक नया वियतनाम पैदा हो जाता, जहाँ सत्य और असत्य का ऐसा गड़बड़झाला खड़ा कर दिया जाता कि पता ही नहीं चलता कि जनता और फौज की आवाज में फर्क क्या होता है। मुजीब इस दृष्टि से प्रकृति का निर्वाचित ऐसा प्रतिनिधि है, जो मनुष्यता को ही अपना नारा और उद्देश्य बनाकर चला है, किसी मतवाद और झंडे को नहीं। इसी कारण उसकी लड़ाई अमानवीयता के खिलाफ मानवता की लड़ाई बन गई है। इसी वजह से इस लड़ाई की जोखिम भी बढ़ गई है। मानवीयता को वरीयता देने के कारण मुजीब ने क्रांति में करुणा को जोड़ने की कोशिश की है, यानी लोहिया की शब्दावली में 'क्रांति में करुणा का मेल सिविल नाफरमानी है।' सिविल नाफरमानी के सबसे बड़े उस्ताद लोहिया ने शायद यह नहीं सोचा कि दुर्दांत सत्ता सहित नाजीवाद की पुनरावृत्ति भी कर सकती है। लोहिया को शायद विश्वास था कि दुनिया आगे बढ़ रही है, इसलिए नाजीवाद का गड़ा मुर्दा क्योंकर खड़ा हो सकता है, पर हुआ और यह मानना पड़ेगा कि सिविल नाफरमानी के फलसफे में इस लड़ाई के बाद थोड़ी तरमीम करनी पड़ेगी। सिविल नारफरमानी कत्लेआम के

सामने अहिंसक नहीं रहेगी, यह जोड़ना लाजिमी हो गया है। लोगों का पुराना शक फिर सिर उठा रहा है, यानी गांधी का सत्याग्रह अपेक्षाकृत सभ्य अंग्रेजों के सामने और लोहिया की सिविल नारफरमानी देशी सत्ता के खिलाफ ही कारगर हो सकती है।

वस्तुतः मुजीब का स्वाधीनता-संग्राम एक ऐसी घटना है, जो कई तरह के मुद्दे उभारेगी। इस लड़ाई ने या क्रांति ने कई चीजों पर सोचने के लिए विवश किया है। यह पहली विरथी क्रांति है, अर्थात् इस लड़ाई के सामने मजहब, मतवाद या क्रांति के परिचित स्कूलों अर्थात माओ, चेग्वारा अथवा लेनिन आदि की क्रांतियों के नक्शे बेकार हो गए हैं। क्रांति कोई सिक्का नहीं कि उसे किसी-न-किसी छापे के बिना ढाला ही नहीं जा सकता। क्रांति जनता की आत्मा का आक्रोश है, रुद्रभाव है, जो अपनी अभिव्यक्ति की शक्ल खुद तलाश कर लेता है। मुजीब का स्वाधीनता संग्राम क्रांतियों की नई-नई पोशाकों या लबादों के बिना सहज स्वाभाविक गति से पाँव-प्यादे सामने आया है, जो कि मनुष्यता के भविष्यत् संघर्षों को एक नया मोड़ देने का कार्य करेगा। अन्याय से जूझने का यह नया प्रयोग और इतने शहीदों का खून बेकार नहीं जाएगा। इसमें सफलता-असफलता के प्रश्न का कोई खास मतलब नहीं। सभी जानते हैं कि असफल क्रांतियां देशद्रोह बन जाती हैं। सवाल क्रांति के उसूलों और उसको चलाने के तरीकों का है। सफल होने या असफल होने का उतना नहीं।

इस तरह की क्रांतियाँ हमेशा आंतरिक और बौद्धिक चेतना से खाद और खुराक ग्रहण करती हैं। बुद्धि को गिरवी रखकर क्रांति का फल संभवतः आसानी से या कम दिक्कत से पाया जा सकता है। पर बिना गिरवी रखी बुद्धि को क्रांति के दौर में जिन खूनी घाटियों से गुजरना होता है, उसे भुक्तभोगी ही जान सकता है। इसका सच से कड़वा स्वाद बांग्लादेश के बौद्धिकों को चखना पड़ा है। अपनी बुद्धि पर विश्वास करना स्वाभिमान भले लगे खतरनाक कम नहीं होता। मुजीब और उसके साथी इसे जानते

थे। इसका परिणाम भी सामने है। बांग्लादेश को सामूहिक बौद्धिक चेतना को बंदूकों से उड़ा देने का प्रयत्न शैतान की बेइंतहा अक्लमंदी का प्रमाण है, पर शैतान हमेशा ही यह गलती करता है, शायद यही उसकी विशेषता भी है कि वह असली स्वतंत्रता की तरह असली बौद्धिकता को भी क्षेत्रीय वस्तु मान लेता है। बांग्लादेश के बौद्धिक, जो अब नहीं हैं, अपनी चेतना की विरासत, विश्व के उन तमाम बौद्धिकों के नाम छोड़ गए हैं, जो बुद्धि को गिरवी रखना मृत्यु से बदतर मानते हैं। बांग्लादेश की यह विरथी क्रांति वस्तुतः विश्व के बौद्धिकों के लिए बहुत बड़ी चुनौती है।

(डॉ. शिवप्रसाद सिंह हिंदी के जाने-माने लेखक। ललित निबंधकार, उपन्यासकार। यह लेख साप्ताहिक हिंदुस्तान, 1 मई, 1971 के अंक में प्रकाशित हुआ था)

□

5

मुक्त क्षेत्रे युद्ध क्षेत्रे

—धर्मवीर भारती

उँघते कस्बे

9 सितंबर, 1971

कभी मैंने लिखा था—'क्या यही सब साथ मेरे जाएँगे, ऊँघते कस्बे, पुराने पुल-पाँव में लिपटी हुई यह धनुष-सी देहरी नदी बींध देगी क्या मुझे बिल्कुल ?' जब यह लिखा था, तब भी इसी तरह हरियाली-छाई सड़क पर जीप दौड़ रही थी, इसी तरह दिन ढलने लगा था। हम इलाहाबाद-रीवा रोड पर सुहागी पहाड़ियों से लौट रहे थे, कितने-कितने बरस पहले। जिसको जीवन में बहुत प्यार किया और अब मेरी संगिनी है, उसकी हथेलियाँ मेरे हाथों में पहली बार थीं।

लेकिन सुदूर उत्तरांचल की बांग्लादेश को जाती हुई इस सड़क पर इस याद का क्या अर्थ है ? या शायद अर्थ ही यही है। प्यार की गहनतम अनुभूति ने ही कहीं मुझे हमेशा न्याय और अन्याय की लड़ाई में बेलाग, निडर होकर सच्चाई के लिए खड़े होने की ताकत दी है। हैवानियत के खिलाफ हर लड़ाई कहीं गहन मानवीय प्यार की लड़ाई है और ऐसी हर लड़ाई में धँसते समय, चाहे मैं कितनी दूर होऊँ, वे हथेलियाँ मेरे हाथों में रहती हैं। पद्मा-पद्मा के विशाल पाट पर तैरते बजरे पर जब रवींद्रनाथ

ठाकुर ने 'आमार सोनार बंगला आमी तोमाया भालोबाशी' लिखा होगा, तब क्या यह भालोबाशी, यही प्यार अपने एक-दूसरे आयाम में मुखर नहीं हो रहा था और एशिया के उस महानतम नेता शेख मुजीब ने जब इसी गीत को राष्ट्रगीत चुना तो क्या घृणा के खिलाफ प्यार, कुरूपता के खिलाफ समता उद्घोष को वे मान्यता नहीं दे रहे थे? और आज जो मुक्तियोद्धा हाथ में रायफलें, स्टेनगन और लाइट मशीनगन लेकर यहियाशाही की पैशाचिक अमानवीयता के खिलाफ लड़ रहे हैं, वे क्या 'भालोबाशी' की लड़ाई नहीं लड़ रहे?

सड़क के दोनों ओर शाल के पेड़, कुमुद छाए पोखर हैं, शरणार्थियों की भीड़भाड़ पीछे छूट रही है, यह भारत की अंतिम सीमा चौकी है, जब 'नो मेंस लैंड' और वह सड़क पर बाँस का आड़ा 'बैरियर' दिखता है, वह है बांग्लादेश की पहली सीमा चौकी। मैं सँभलकर बैठ जाता हूँ। एक बार पीछे मुड़कर देखता हूँ। हम बंगाल के सुदूर उत्तर में हैं और क्षितिज के पास हिमालय की अस्पष्ट रेखाएँ दिख रही हैं। किसी ने बताया था—धूप खिली होती, तो कंचनजँघा दिखती (याद आता है बांग्लादेश विशेषांक में हमने शौकत अली की 'तृतीय रात्रि' कहानी पढ़ी थी, जिसमें बांग्लादेश के उस भूभाग का चित्रण था, जहाँ से कंचनजँघा की चोटी दिखती है। निश्चय ही यही क्षेत्र रहा होगा वह। कैसा अजीब योग है कि मुक्त क्षेत्र के भीतर जाकर देखने के लिए हमें यहाँ आना था। कहाँ हैं कथा-लेखक शौकत अली? क्या उन्हें मालूम है कि उनका यह क्षेत्र अब आजाद है? क्या यह खबर पाने के लिए वे जीवित बचे हैं?)

बाँस का आड़ा बैरियर उठा दिया गया है। लुंगी बनियाइन पहने चौकी के पहरुए युवा मुक्तियोद्धा हमारे चारों ओर घिर आए हैं। चौकी का नायक एक सफेद दाढ़ीवाला बूढ़ा हमारे साथी विष्णुकांत शास्त्री से बातें कर रहा है। बालकृष्ण चौकी पर बांग्लादेश के चिह्न और

ध्वज का चित्र लेने के लिए कैमरा सँभाल रहे हैं और मैं अपने सामने, अगल-बगल दूर तक फैले हुए आजाद बांग्लादेश के इस पवित्र क्षेत्र को कुछ-कुछ सूनी आँखों से देख रहा हूँ और वे आँखें अब ध्वज की आधार पीठिका पर टिक गई हैं, जहाँ हरे रंग पर गोल घेरे में बांग्लादेश का नक्शा बना है, सुंदर बंगलाक्षरों में लिखा है—'स्वाधीन गण प्रजातंत्री बांग्लादेश'।

बहुत-बहुत-बहुत सुख मिलने के क्षण में कभी-कभी एक अनजाना विषाद कहाँ से उतर आया है? क्यों? मार्च 1971 में शेख मुजीब का आंदोलन चलने के बाद लगातार दिन-रात इसी सपने में जिया हूँ कि आजाद बांग्लादेश अपनी आँखों से देखूँगा। न केवल मुझे, मेरी पूरी पीढ़ी को एक के बाद एक सच्ची युवाक्रांति की लहर आई थी, सन् 1942 में वह कुचल दी गई। दूसरा महान् दौर था आजाद हिंद फौज का, उसके साथ विश्वासघात किया गया। रॉयल इंडियन नेवी की अद्भुत क्रांति को हमारी समझौतापरस्ती खा गई। अब जीवन के ढलते पहर में यह क्रांति, यह बांग्लादेश की क्रांति सफल हो।

और मैं सफलता के विजय चिह्न के समक्ष खड़ा हूँ, ध्वज के नीचे चारों ओर मीलों तक फैला शांत सोनार बँगला। गाढ़ी काही, पनियल, धानी हरियाली की परतों पर परतें, पोखरों में साँझ के नारंगी बादल, पेड़ तले सूखते जूट के गट्ठर, मुक्त विचरती बकरी व गाय, कितनी शांति! कितनी शांति! लेकिन मन पर क्यों उभर आए हैं—ढाका के जगन्नाथ हॉल की सीढ़ियों पर गाढ़े खून के धब्बे, सकैया हॉल से आती किशोरियों की भयार्त चीखें और जलते गाँव, हत्या, बलात्कार, लाशें, सड़ी गंधवाली बूढ़ी गंगा का मटमैला पाट।

आजादी बहुत बड़ी कीमत माँगती है, आजादी प्रणम्य है और मैं मन-ही-मन प्रणाम करता हूँ। ये आसपास खड़े सभी युवा योद्धा अपना परिवार, अपने माँ-बाप को खो चुके हैं। किसी दिन अपने प्राण भी खो

सकते हैं, लेकिन सब खोकर आजादी जीत रहे हैं। समझौतापरस्ती के धुँधलके में गुमराह होकर हम जो नहीं कर सके, वह ये कर रहे हैं। रवींद्र ठाकुर ने लिखा था कि जो नए मरुस्थल में आधी राह खो जाती हैं, वे भी खेती नहीं कहीं समुद्र में, तुम्हारी पूजा में वे भी शामिल रहती हैं। मरुस्थल में अधीर राह में खोई हुई हमारी क्रांतिच्युत जिंदगियाँ, हमारी टूटी अधूरी

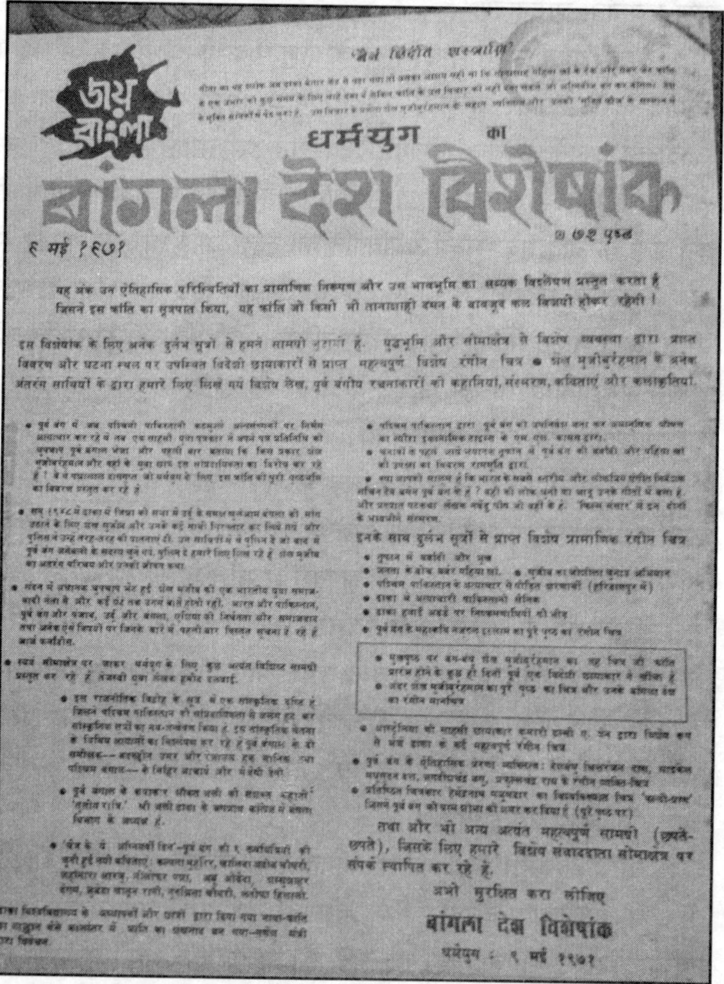

जय बांग्ला

धर्मयुग का

बांगला देश विशेषांक

९ मई १९७१

यह अंक उन ऐतिहासिक परिस्थितियों का प्रामाणिक निरूपण और उस भावभूमि का सम्यक विश्लेषण प्रस्तुत करता है जिसने इस क्रांति का सूत्रपात किया, यह क्रांति जो किसी भी तानाशाही दमन के बावजूद कल विजयी होकर रहेगी।

इस विशेषांक के लिए अनेक दुर्लभ सूत्रों से हमने सामग्री जुटाई है. पृष्ठभूमि और सीमाक्षेत्र से विशेष व्यवस्था द्वारा प्राप्त विवरण और घटना स्थल पर उपस्थित विदेशी छायाकारों से प्राप्त महत्त्वपूर्ण विशेष रंगीन चित्र ● शेख मुजीबुर्रहमान के अनेक अंतरंग साथियों के द्वारा हमारे लिए लिखे गये विशेष लेख, पूर्व बंगीय रचनाकारों की कहानियां, संस्मरण, कविताएं और कथाकृतियां.

इनके साथ दुर्लभ सूत्रों से प्राप्त विशेष प्रामाणिक रंगीन चित्र

तथा और भी अन्य अत्यंत महत्त्वपूर्ण सामग्री (छपते-छपते), जिसके लिए हमारे विशेष संवाददाता सीमाक्षेत्र पर संपर्क स्थापित कर रहे हैं.

अभी सुरक्षित करा लीजिए

बांगला देश विशेषांक

धर्मयुग : ९ मई १९७१

जिंदगियाँ इस हरे सोनार समुद्र में, इस पूजा में इस 'भालोबाशी' में शामिल होकर सार्थक हो सकेंगी न? मन में एक नया सुकून, एक नया प्यार उमड़ता है। मेरी आँखें अब सूनी नहीं रहीं, वे नम हो आई हैं और उस नमी के परदे में मैं फिर बांग्लादेश के फहराते ध्वज को गौरव से सिर उठाकर देखता हूँ। आकाश में फहराता वह हरा ध्वज, जमीन पर लहराते हरे धान, नम खेतों में घुल-मिल जाता है। प्रणाम, मेरा समूचा व्यक्तित्व एक उल्लसित प्रणाम बन जाता है।

और अब मैं उनसे बातें कर रहा हूँ, वे जिद कर रहे हैं कि चाय बिना पिए आगे नहीं जाने देंगे। आगे बड़ी मुख्य सीमा चौकी है, जहाँ हमें हवलदार अब्दुलबारी से मिलना है। वे ही इस क्षेत्र के बांग्लादेश सरकार के प्रतिनिधि प्रशासक से अनुमति लेकर हमें आगे जाने देंगे। हमें जल्दी है, चाय के लिए विनम्रता से मना कर हम चलते हैं। चलने के पहले बूढ़े सफेद दाढ़ीवाले नायक की फोटो लेना चाहते हैं, ध्वज के पास खड़े कर वह हँसता है—'बूढ़े की छवि क्या लेना साहब?' एक युवा मुक्तियोद्धा हमें समझाता है कि हमें वह बूढ़ा मौलवी है। उसका धरम नहीं कहता उसकी छवि लेने को। कैमरा रोक लिया जाता है। जीप चलती है, वे उल्लास से कहते हैं, 'जय बंगला', हम दूने उल्लास से प्रत्युत्तर देते हैं।

आधे मील के बाद दूसरी चौकी, नीचे स्तंभ था 'इसलामी रिपब्लिक ऑफ पाकिस्तान।' उसे फावड़े मार-मारकर तोड़ दिया गया है। तीन तरफ बंकर बने हैं, जिन पर घास उग आई है। बंकरों में गोली चलाने के लिए झरोखे बने हैं, अंदर दालान में तख्त पर कोई शाम की नमाज पढ़ रहा है। हमारे पहुँचते ही कटहल के पेड़ के नीचे काठ की बड़ी मेज डाल दी जाती है। बारिश में भींगी टीम की कुरसियाँ पोंछकर सजा दी जाती हैं। 'बोशोन (बैठिए)!' हवलदार तहमद बाँधते हुए आते हैं, आँगन में रंगीन क्रोटन के बड़े-बड़े पौधे

हैं, बंकर की घास के बीच–बीच में वनफूल खिल आए हैं। चाय ? यहाँ तो पीनी ही होगी।

हवलदार को हम बताते हैं हम कौन हैं, क्यों आए हैं, "आप पूरा एरिया देखें साहब, तो हमें तेंतुलिया में अपने एम.पी. साहब को खबर करनी होगी। अब तो रात हो गई है। तेंतुलिया यहाँ से 12 मील है, अंदर 50 मील तक जा सकते हैं, लेकिन कल सुबह आइए। तब तक हम आदमी भेजकर एम.पी. साहब से परमीशन माँग लें। लड़ाई हाँ, यहाँ से 51–52 मील अंदर हो रही है, लेकिन अभी पाकिस्तानवाला सब खामोश बैठ गया है, हमारा छोकरा लोग उनको बहुत मार लगाया है साहब।" आसपास बैठे लोगों के चेहरे खिल उठते हैं। पास में एक साधारण सा मलगजे कमीज–पाजामेवाला किसान युवक ध्यान से बांग्लादेश विशेषांक की प्रति देख रहा है, सहसा हमें चकित करता हुआ अंग्रेजी में पूछता है, 'कैन आई हेव ए कॉपी ?' मालूम हुआ, वह कॉमर्स का ग्रेजुएट है, ढाका के जगन्नाथ कॉलेज का, अब्दुल कुद्दूस। चुनाव के बाद दिसंबर से ही बाहर थे, लेकिन अब लड़ाई में हिस्सा लेने यहाँ आ गया है। अभी ट्रैनिंग कैंप में जगह नहीं, इसलिए गाँव में है। बुलावा आते ही चला जाएगा। फिर बांग्लादेश विशेषांक को हसरत से देखकर कहता है, "वी आर वेरी ग्रेटफुल टु यू सर! वी आर वेरी ग्रेटफुल टु इंडिया।"

हवलदार अब्दुल बारी, पकते बाल, उम्र पचास साल के लगभग, ई.पी.आर. का अनुभवी सैनिक। विद्रोही टुकड़ी के साथ यहाँ आ गया। परिवार कुमिल्ला में था। खान सिपाही (पाकिस्तानी फौजी) ने कत्लेआम किया, तब से उसके परिवार का कोई पता नहीं। नुरुल साहब ने आदमी भी भेजा देखने को। उस आदमी का भी पता नहीं। यह सुनकर कि इस मुक्त क्षेत्र का नागरिक प्रशासन देखने के बाद हम कुमिल्ला के युद्ध क्षेत्र में जाएँगे, वह अकस्मात प्रसन्न हो उठता है और फिर उदास, चुप।

अकस्मात एक दिन के अंदर पूरे परिवार को खो देने का आघात, अनिश्चय की यंत्रणा, वह उदास चुप्पी, शाम को लौटकर भी डेरे पर आकर खाना खाते समय, बात करते समय भी, हमारे मन पर बहुत भारी होकर वह चुप्पी छाई रहती है। हम जिस छोटे से भारतीय कस्बे में टिके हैं, उसके उत्तर पश्चिम की ओर कंचनजँघा है। रात को सोने के पहले बारजे पर खड़ा होकर मैं बहुत देर तक उधर देखता हूँ। घना अँधेरा, मेघाच्छन्न काल-रात्रि, ऊँघता कस्बा धीरे-धीरे सो जाता है। सिर्फ माल लदी ट्रकों की अनवरत खड़खड़ और बँगला में कुछ चीख-चीखकर बोलती हुई एक पगली औरत।

वह जवान पगली नंगी औरत कस्बे की गलियों में, बाजारों में भागती रहती है। किसी ने बताया, दिनाजपुर से आई शरणार्थी है। फौज की पूरी टुकड़ी ने उसके साथ बलात्कार किया। तीन दिन कराहती पड़ी रही। फिर भागी। जान तो बच गई, पर होश और कपड़े जो उस दिन गए, लौटकर नहीं मिले।

हवलदार अब्दुल बारी की एक जवान लड़की थी, वह कहाँ होगी?

2. धनुष-सी नदी

नदी का नाम है महानंदा, कस्बे के जरा पहले भारत में भी थी। हिमालय से निकलकर भारत में होती हुई बांग्लादेश में चली आती है। कुछ दूर तक वही भारत-बांग्लादेश की सीमा बनती है, फिर अंदर चली आती है। इस समय भी धनुष सी है, पर पतली नहीं। शत्रु सामने होने पर बाण साधकर प्रत्यंचा खिंच जाने पर धनुष जैसा चौड़ा हो जाता है, वैसी ही हो गई है इस समय। केवल मनुष्य नहीं, यहाँ की प्रकृति ने भी शत्रु के सामने प्रत्यंचाएँ तान ली हैं।

सुबह धूप तो नहीं खिली, पर बादल हलके हो आए हैं। ऊबड़-खाबड़ सड़क पर जीप चल रही है। कभी महानंदा दिखती है, कभी खेतों

और बाँस के झुरमुटों में ओझल हो जाती है। चौकी से रवाना होते समय हमने देखा कि बगल के खेत में जो किसान थोड़ी देर पहले नंगे बदन हल चला रहा था, वहीं अब एक कंधे पर बिस्तरा और दूसरे पर स्टेनगन लादे कमीज-लुँगी पहने चला आ रहा है। मालूम हुआ, वह मुक्तियोद्धा है, हफ्ते में दो दिन गाँव आता है खेत जोतने, निराने बाकी पाँच दिन लड़ाई के मोरचे पर, वह भजनपुर जाना चाह रहा था, यह जानकर कि हम अभी तेंतुलिया जा रहे हैं, वह वहीं चौकी पर किसी दूसरी सवारी का इंतजाम करने लगा।

'राजनीतिक समाधान' इस शब्द का व्यवहार अनेक अंतरराष्ट्रीय वक्तव्यों में होने के तुरंत बाद ही बांग्लादेश सरकार की कैबिनेट तथा सर्वदलीय परामर्श परिषद् ने घोषित किया था। वे पूर्ण स्वाधीनता के अतिरिक्त किसी अन्य समाधान की कोई बात सुन भी नहीं सकते।

इसके बावजूद शिमला में विदेशमंत्री स्वर्ण सिंह ने वक्तव्य दिया कि राजनीतिक समाधान का रूप पूर्ण स्वाधीनता भी हो सकता है या पाकिस्तान के अंग बने रहकर अधिक स्वायत्तता का भी। उनका यह वक्तव्य न केवल चौंका गया, वरन् इसने भारत सरकार की नीति के बारे में जनमानस में अनेक संदेह पैदा कर दिए हैं।

मुक्त स्वाधीन बांग्लादेश की सीमा चौकी पर पाकिस्तान का चिह्न फावड़ों से मिटा दिया गया है। स्वाधीन बांग्लादेश के चिह्न की वे राइफलें लेकर रक्षा कर रहे हैं। अब क्या फिर से वे टूटे हुए चिह्न पर नया पलस्तर लगाएँगे और स्वाधीनता के चिह्न को मिटाने को तैयार होंगे? क्या इसी के लिए उन्होंने अपना सर्वस्व बाजी पर लगाया हुआ है?

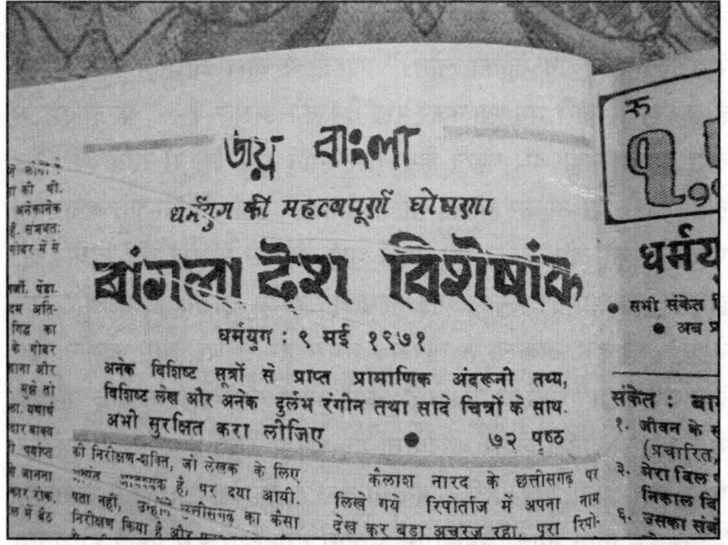

जय बांग्ला

धर्मयुग की महत्वपूर्ण घोषणा

बांगला देश विशेषांक

धर्मयुग : ९ मई १९७१

अनेक विशिष्ट सूत्रों से प्राप्त प्रामाणिक अंदरूनी तथ्य, विशिष्ट लेख और अनेक दुर्लभ रंगीन तथा सादे चित्रों के साथ.

अभी सुरक्षित करा लीजिए • ७२ पृष्ठ

इस वक्त हेडक्वार्टर जाते हुए हवलदार तहमद में नहीं, पैंट बुश्शर्ट में हैं, बालों में तेल, तरतीब से कढ़े हुए। कुतूहल से 'धर्मयुग' के अंक पलट रहे हैं, हर चित्र को गौर से देखते हुए, कल शाम उनमें कुछ झिझक थी, जैसे पूरी तरह हमारा भरोसा न हो। इस समय उनका मन खुल आया है। बातें कर रहे हैं। "आपका कागज में मुजीब साहब की छवि बेशी अच्छा है, देवता आदमी हैं। अल्लाह सब देखता है, कौन राक्षस, कौन देवता! ये खान सिपाही, ये इनसान हैं साहब? हमारा गाँव में आगी बारता है, गोरू, मुरगी, छागल, पसरू सब ले जाता है। आठ-आठ बरस का बच्ची के साथ बुरा काम करके संगीन भोंककर परान ले लेता है। ऐसा-ऐसा काम किया भारती साहब कि अपने को बोलने में सरम आता है। इनसान का काम नहीं, साहब जानवर है ओ तो। अच्छा ए कागज में आप मुजीब साहब का नाम बंगला लेख में दिया है। हम बूझते हैं। हिंदी लेखा तो बिल्कुल बँगला लेखा के समान है। उर्दू लेखा नहीं बूझते। जो जैसा खान सिपाही है, वैसा उसका लेखा। हमारा स्टूडेंट लोग से बोला, "ये

लेखा नहीं पढ़ेगा तो हम शूट कर देगा। ढाका में हत्या कर दिया उसका, सब जवान-जवान खोका लोग।" शास्त्रीजी बीच-बीच में नोट ले रहे हैं, हवलदार जैसे मन खोलकर रख देने को उत्सुक है—"बांग्लादेश में कोई झगड़ा नहीं था। पहले हिंदू-मुसलमान सब प्रेम से रहता था। येई लोग लाहौर से आकर बोला, पाकिस्तान बनाएगा, पाकिस्तान बनाएगा। पहले हमको खोद-खोद के अपना भाई लोग से बिमुख कर दिया। ओ इंडिया चला गया। हमारा भाई लोग को हमसे छोराय दिया और जब देखा, अब हम अकेला है तो अब हमसे हमारा घर-बार, जमीन सब छोराय लिया।" फिर वे बताते हैं-कैसे अपने गाँव के एक हिंदू परिवार से मिलने वे छुट्टी लेकर कलकत्ता गए थे। मैं बंबई में क्यों हूँ, उन्हें यह पसंद नहीं आता, शास्त्रीजी कलकत्ता रहते हैं, यह बात समझ में आती है। "अब हम लोग खान सिपाही को हंकाय देगा और हम पहले ही बतया देता, लेकिन उसका पास टेंक, आर्टिलरी चाइनीस लोग का मशीनगन है और हम बंगाली लोग को पुराना 303 का राइफल दिया था, ओ भी मांधाता के समय का।" मांधाता कौन थे? मैं शास्त्रीजी से पूछता हूँ। मालूम होता है रामचंद्रजी के पूर्वज का नाम मांधाता था। "आप समझा नहीं," वे पूछते हैं।

"समझ गया," मैं बोला, "मतलब बाबा आदम के जमाने की।"

"नहीं-नहीं, अब्दुल बारी प्रतिवाद करते हैं, "बाबा आदम तो पंजाबी लोग का है। हमारा बंगाली लोग का तो पुर्वज मांधाता है, बहुत पुराना काल का पुर्वज है। ओ दांड़ाओ, दांड़ाओं जीप रोको!" वे बात काटकर जीप रुकवाते हैं। सड़क किनारे पेड़ के नीचे एक दुबला-पतला किसान हाथ में पोटली लिए खड़ा है। "ये हमारा फ्रीडम फाइटर (मुक्ति योद्धा) है। कैंप जाएगा।" वह सैल्यूट करके हँसता हुआ जीप में आ जाता है। पोटली खोलता है, उसमें एक लुंगी है, चिवड़ा है, दो खीरे हैं और नीचे एक स्टेनगन है। मालूम हुआ,

पाँच पाकिस्तानी सिपाहियों को मार चुका है। अपना खाना भी अपने घर से ले जाता है।

जीप धचके खाते दौड़ रही है। मील के पत्थरों पर ढाका की दूरी कम से कमतर होती जा रही है। 15 मील अंदर आ चुके हैं। मुक्त क्षेत्र में जीवन प्रवाह मुक्त है। तालाबों में मछली फँसाते, कुलेल करते, कोकावेली के फूल तोड़ते बच्चे, कॅरियर पर सूखे जूट के गट्ठर लादे साइकिलें? कमर पर घड़े लिए पोखर की ओर जाती औरतें, बाँस की काँवर पर काँस के ढेर-ढेर सफेद फूल लादे साँवले ग्रामीण, बरसाती पानी को रस्से बाँधकर टोकरी से खेतों में उलीचते हुए किसान। कितनी शांति है मुक्त क्षेत्र में। कोई अपराध नहीं, तीन रजाकार एक दिन आए थे। हिंदू लोग के धान में आग लगाने। उन्हें पुलिस ने पकड़ लिया।

"हाँ, पुलिस थाना भी है तेंतुलिया में। रोज गश्त लगाता है। कचहरी भी चलता है। डाकखाना भी। मुजीब साहब का छापा का नया टिकट बिकता है। इंडिया को भी चिट्ठी भेज सकता है आप। आज तो हाट का दिन है। हाट में सब जिनिस बिकने आता है। हमारा एम.पी.ए. साहब हैं, सिराजुल इसलाम। ओ बड़ा अफसर है। पहले आपको उसका डेरा पर जाने को होगा। फिर ओ जहाँ-जहाँ परमीशन देगा, वहाँ चलेगा।"

और फिर मुख्य सड़क से जीप एक छायादार कच्चे देहाती रास्ते पर मुड़ी, झुरमुटों के पार कई दुमंजिले पक्के मकान थे। तेंतुलिया आ गया। बंगला शब्द तेतुल के माने इमली। कभी यहाँ इमली के जंगल रहे होंगे। रास्ते में फिर वैसा ही बाँस का आड़ा बैरियर, बैरियर के पार सिराजुल साहब का मकान है। नागरिक प्रशासन का सदर दफ्तर।

देहाती कस्बे की बादल ढकी अलसाई दोपहर। पेड़ों के नीचे एक और स्टेशनबैगन खड़ी है। मकान के पास एक पुरानी रूसी जीप, जिस

पर धुँधला सा ढाका का नंबर पड़ा है। यह जीप क्रांति के समय वहाँ से छीनकर ले आई गई है और नागरिक प्रशासन के कब्जे में है। कस्बे के बाजार से पनचक्की की निरंतर 'पुक! पुक!' की आवाज दोपहर की निस्तब्धता भंग करती है। मकान के आगे सहन और सहन के सामने चहारदीवारी से घिरी थोड़ी सी जमीन, जिसमें गुलाबाँसा और मोगरा लगा है। दीवार पर इश्कपेंचा की नाजुक लतर और दो-चार लाल फूल, घर के सामने दो-तीन नवयुवक खड़े थे। कमीज-लुंगियाँ पहने। परिचय हुआ—ये हैं असित, ये हैं कालीपद, ये हैं मोईन। तीनों मुक्ति सैनिक हैं इसी कस्बे के। सुबह आए हैं, रात को फिर हमले पर जाएँगे। उनकी टुकड़ी का नायक कैंप से आनेवाला है, उसी के इंतजार में (असित और कालीपद! किसी विद्वान् अंग्रेजी पत्रकार ने कहीं लिखा था, हिंदू युवक मुक्ति सेना में नहीं जा रहे हैं या मुक्ति सेना उन्हें ले नहीं रही है। वही अंग्रेजी आकाओं का हिंदू-मुसलिम रोग, जिसे ये इंडो-एंग्लियन अभी तक दाँत से पकड़े हुए हैं। मालूम हुआ कि मुक्ति फौज में कहीं भी यह भेदभाव नहीं है। एक सेक्टर कमांडर ले. कर्नल दत्ता भी हिंदू हैं और अभी जिस टुकड़ी-नायक का इंतजार कर रहे हैं, वह भी हिंदू है। काश, सोफों में धँसी 'स्नाबरी' में रमी, वास्तविकता से उखड़ी पत्रकारिता इन तथ्यों को यहाँ आकर जाँच पाती। इस मुक्ति क्षेत्र में हिंदू परिवार भी हैं। कस्बे में एक पुराना मंदिर भी है, जो अब जाग्रत नहीं, लेकिन कुछ मील दूर महानंदा के तट पर बड़ा जाग्रत मंदिर है, जहाँ रोज पूजा के लिए लोग आते हैं, लेकिन युवक अब हिंदू या मुसलमान की परिभाषाओं में सोचते नहीं और हमें इन परिभाषाओं में प्रश्न पूछते संकोच होने लगता था।)

सिराजुल साहब अंदर कुछ फाइलों और टेलीफोन में व्यस्त थे। इस बीच पानी और चाय आ गई थी। थोड़ी देर में टुकड़ी का नायक भी आया। लंबा हँसमुख युवक। इस मोर्चे पर अभी आमने-सामने की लड़ाई हो नहीं रही थी। रात को छिपकर टुकड़ियाँ दुश्मन की छावनी के

पीछे जाती हैं और उसकी यातायात लाइनें काट आती हैं या सामान लूट आती हैं। पाकिस्तानी सैनिक छावनी में घिरे हुए हैं, उनका गोला-बारूद और रसद खत्म हो रहा है। आमने-सामने मुकाबला करने की जगह उन्हें छका-छकाकर मारने की योजना है मुक्ति सेना की।

रात को क्या हम उनके साथ हमले पर जा सकेंगे? "नहीं, क्योंकि रात को कैमरे का लैंश चमका कि पाकिस्तानी मशीनगनें पूरी टुकड़ी को भूनकर रख देंगी।"

"अच्छा, बिना कैमरे के?"

"उसकी इजाजत कैप्टन काजिमुद्दीन से लेनी होगी, आप शिविर में आइए।"

मुक्ति फौज

प्रथम बार प्रत्यक्षदर्शी विस्तृत विवरण

श्रीकांत वर्मा

सहन की सीढ़ियों में एक और सीमेंट का सपाट ढाल बना है, जिसमें काट नहीं है। कमरे में से एक गदवदा दो साल का बच्चा निकलकर आता है, लाल झबला, जूते, मोजे। वह डगमग चलता-चलता आता है और सीमेंट के सपाट ढाल पर चाभी भरे खिलौने की तरह हिलता-डुलता उतर जाता है। उतरकर किलकारी मारता है। यह उसका प्रिय खेल है, शायद सब उसे प्यार करते हैं।

गुलाबाँस के फूल खिले हैं, एक गहरा भूरा बादल शक्ल बदलता धीरे-धीरे तैर रहा है और अंदर छोटा बच्चा माँ से मचल रहा है, बाहर यह गदबदा बच्चा हँस रहा है, मानो बेंद्रे का कोई बहुत सुकुमार सोफियाने रंगोंवाला ग्राम चित्र हो! और सब शांत हैं, स्थिर; मानो युद्ध नहीं है, अत्याचार नहीं है, खून के धब्बे नहीं हैं, लाशों की गंध नहीं है।

और अकस्मात् मुक्ति फौज की टुकड़ी का नायक बोलता है, "बीस गंजियाँ और बीस लुंगियाँ निकाल दें, नए ट्रेनिज के लिए चाहिए। रात को जो टुकड़ी जा रही है, उसके लिए तीन डिब्बे।" और स्वप्न चित्र टूट जाता है।

"हलो! नोमोस्कार, क्खमा करोना! क्षमा कीजिए। मुझे देर हो गई।"

कुरता, लुगी, घुंघराले बाल, ये थे इस क्षेत्र के प्रशासक सिराजुल इसलाम। इस क्षेत्र से अवामी लीग के एम.पी.ए. (प्रांतीय असेंबली के सदस्य) चुने गए थे और अब बांग्लादेश सरकार के नियुक्त प्रतिरक्षा समिति के चेयरमैन, उम्र 28 वर्ष। हम अपना परिचय देते हैं और बांग्लादेश कूटनीतिक मिशन द्वारा दिया गया पत्र उन्हें दिखाते हैं। पत्र देखकर वे हवलदार अब्दुल बारी की ओर एक अर्थ भरी निगाह से देखकर बोलते हैं, "आप हमारे मित्र हैं, बांग्लादेश के वैदेशिक विभाग ने आपके बारे में लिखा है। इस मुक्त क्षेत्र में आपका हृदय से स्वागत है। आप जो भी देखना चाहें, हमारा पूरा

सहयोग है। अभी तक आपने जो देखा, उसके बारे में आपका क्या ख्याल है?"

"हम तो चकित हैं इतनी शांति, सुव्यवस्था, बाहर तो मुक्त क्षेत्रों के बारे में किसी को यह अनुमान ही नहीं है और इतना बड़ा क्षेत्र! लोग तो सोचते हैं, कुछ चार-पाँच मील के टुकड़े होंगे कहीं-कहीं।"

"और यह तो ऐसा केवल एक क्षेत्र है, आप तीसरे पहर बाजार और कस्बा घूमकर देखिएगा। हमारे दफ्तर, हमारा टेलीफोन एक्सचेंज, हमारी कचहरी, हमारा डाकखाना, पुलिस थाना, हमारे बाजार, यहाँ तक कि हमारे प्राइमरी स्कूल भी खुल गए हैं। अगर आप कुछ और वक्त लेकर आएँ, तो अपने किसी गाँव में हम दो-चार दिन आपको ठहराएँ। हमारे लोग गरीब हैं, लेकिन उनके हृदय में प्यार की कमी नहीं और सच बात तो यह है कि इस संकटकाल में जैसे खुद उनमें एक नई जिम्मेदारी, एक नए अनुशासन की भावना आ गई है। अकस्मात् एक मानसिक प्रौढ़ता।"

बांग्लादेश सरकार के नागरिक प्रशासन की पूरी पद्धति और उसके प्रतिष्ठानों के बारे में शास्त्रीजी उनसे इतने सारे सवाल पूछते हैं और वे हरेक का जवाब देते हैं। कुछ आँकड़ों के लिए उन्हें उठकर फाइलें उलटनी पड़ती हैं या फोन पर संबद्ध अधिकारी से पूछना पड़ता है।

कुछ ही वर्ष पहले सिराजुल ढाका विश्वविद्यालय में विद्यार्थी थे। विद्यार्थी काल में बंगला भाषा आंदोलन में सक्रिय भाग लिया था और जेल भुगती थी।

'धर्मयुग' के अंक बड़े चाव से उलटते हैं।

"क्या हिंदी आती है आपको?"

"नहीं, लेकिन संस्कृत सीखने का बहुत उत्सुक था, लेकिन इन 'पाकिस्तानी बास्टर्ड' ने संस्कृत की पढ़ाई बंद करवा दी और हम पर उर्दू थोप दी।"

बातें देर तक चलती हैं और तय होता है कि कस्बा शाम को देखें। अभी हम भजनपुर जाकर मुक्ति फौज की छावनी देख लें और उनकी द्वितीय रक्षा पंक्ति। कैप्टन शहरयार और कैप्टन जिमुद्दीन शाम को यहीं आनेवाले हैं, तभी उनसे भेंट हो जाएगी। चाय आती है और साथ में रसगुल्ले। हम मना करते हैं, तो बहुत आग्रह से वे कहते हैं—"स्वाधीन बांग्लादेश में आए हैं, तो मुँह तो मीठा करना ही पड़ेगा। भाई, हम लोग तो बुनियादी तौर पर बहुत मीठे लोग हैं, पर इन 'बास्टर्ड' (दोगलों) को बता देना चाहते हैं कि उनके ऐसों के लिए कड़वे भी हैं, असत्य रूप से कड़वे। हम इन्हें कैसे माफ कर सकते हैं? मैं खुद कैसे माफ कर सकता हूँ? इन्होंने मरे देवता स्वरूप गुरु डॉ गोविंदचंद्र डे को किस बेरहमी से मारा है। दर्शन मेरा विषय था। उनका विद्यार्थी था मैं," एक क्षण को उनका गला रुंध आया, फिर बात बदलकर बोले, "अच्छा कैंप हो आइए, फिर लौटकर यहाँ खाना खाइए।"

जब हम लोगों ने फिर संकोच दिखाया, तो बोले, "आप हमारी सरकार के मेहमान हैं, इसे क्यों भूलते हैं।" और वे हवलदार को अलग बुलाकर आगे के लिए आवश्यक निर्देश देते हैं और खुद मुक्ति फौज-शिविर को फोन करके हमारे आने की सूचना देते हैं। इतने में एक गाड़ी आती है और उसमें से भरे बदन गोल चेहरे के जो बंगाली सज्जन सफेद कमीज-पैंट पहने उतरते हैं, वे डॉक्टर हैं और तेंतुलिया खास तथा पूरे मुक्त क्षेत्र के अस्पतालों के प्रमुख चिकित्सक हैं।

"हमारे अस्पतालों में युद्ध से आए कई बहादुर घायल सैनिक हैं। शाम को उनसे जरूर मिलिएगा।" वे ताकीद करते हैं। उन्हें अभी दवाओं का इंतजाम करने जाना है। दवाओं की बेहद कमी है यहाँ।

और जीप फिर चल पड़ती है। इस बार रास्ता लंबा है। अब हवलदार अब्दुल बारी को हमारी प्रामाणिकता के बारे में पूरा इत्मीनान है। उनसे वहाँ का सामरिक खुलासा भी मिलता है। यह सड़क यहाँ

से तीस–तैंतीस मील आगे महानंदा को पार करती है। वहाँ एक बड़ा पुल है। अप्रैल में ही मुक्तिवाहिनी ने उस पुल को उड़ा दिया था। इसीलिए पाकिस्तानी फौज की बख्तरबंद गाड़ियाँ या जीपें इस क्षेत्र तक पहुँच ही नहीं पाईं। नावों पर चढ़कर कुछ इस पार आए थे। उन्हें मुक्ति सैनिकों ने मारकर भगा दिया था। पुल पर बहुत जोर की लड़ाई हुई। पहले मुक्ति सैनिक मरे। बहुत गोले बरसाए पाकिस्तानवालों ने, लेकिन मुक्ति सैनिकों ने आखिर में मैदान जीत लिया। अब उन्हें पुल से 15 मील आगे तक खदेड़ ले गए हैं। वहीं अब मोर्चा जमा है, लेकिन पिछले छह महीने से लड़ते–लड़ते पाकिस्तानी पस्त हो गए हैं, गोला–बारूद भी खत्म है।

हवलदार अब्दुल बारी इस युद्ध में शरीक थे। उन दिनों वे ई.पी. आर. दिनाजपुर में थे। सर्विस के 23 साल पूरे हो गए थे। सपना था कि रिटायर होकर गाँव में परिवार के साथ सुख के दिन काटेंगे। तभी विस्फोट हुआ। 26 मार्च को सूबेदार हब्बीश साहब खबर लेकर आए कि पाकिस्तानी फौजों ने ढाका में कत्लेआम किया और दूसरे शहरों में भी खूँरेंजी शुरू कर दी है। ई.पी.आर. के जवान मौत के घाट उतारे जा रहे हैं। सूबेदार मेजर काजिमुद्दीन के नेतृत्व में, जो कैप्टन हैं—पूरी बटालियन ने तय किया है कि हम आजादी के लिए लड़ेंगे। पहले लड़ाई बटालियन के पंजाबी अफसरों और जवानों से हुई। उन्हें ठिकाने लगाकर वे दिनाजपुर शहर की ओर बढ़े। 27 मार्च को दिनाजपुर आजाद हो गया। 13 अप्रैल तक आजाद रहा। बाद में टैंक आगे कर नापाक फौजें आईं, तो उन्हें पीछे हटना पड़ा। अब्दुल बारी को गर्व है कि उसने कई दुश्मनों को ठिकाने लगाया। लौटते समय ही यह महानंदा का पुल तोड़ दिया गया था।

अब शिविर के अफसर कैप्टन काजिमुद्दीन ही हैं। उनकी वीरता का हर व्यक्ति कायल है। उनके बाद यहाँ के हरदिल अजीज व्यक्ति हैं

कैप्टन शहरयार। देखने में एक साधारण बंगाली युवक, मझोला कद, सीधा-सादा; लेकिन गहरी काली आँखें उस आग का आभास देती हैं, जो अंदर सुलग रही है। दिन में सब शांत, लेकिन रात में पाक सेना की छावनी के अंदर-बाहर सारे क्षेत्र पर कैप्टन शहरयार की छाया का दबदबा रहता है। जादू की तरह कब कहाँ से अपने मुट्ठी भर सैनिकों के साथ प्रकट हो जाएँगे, इसका ठिकाना नहीं, वह भी ठीक पाकिस्तानी बंकरों या खाइयों के बीच, फिर मशीनगन की र…ट…ट…ट और जमीन पर तड़पते पाक सैनिक।

शहरयार अभी कुछ महीने पहले जुलाई तक पाकिस्तान सेना की बलूच रेजीमेंट में थे। उसी रेजीमेंट में, जिसमें पहले याहिया खां थे। उन्हें पाकिस्तान में ही रखा गया था। जुलाई में किसी तरह वे भागकर कश्मीर सीमा पर पहुँचे और वहाँ से प्रत्यर्पण कर बांग्लादेश आए। सेनाध्यक्ष कर्नल उस्मानी ने उन्हें इस क्षेत्र में भेजा और यहाँ वे छा गए हैं। देखें, शाम को तेंतुलिया लौटकर उनसे मुलाकात होती है या नहीं।

"जीप से हम लोग महानंदा में पुल तक जा सकेंगे। पुल टूटा है न? वहाँ से पाकिस्तानी फौज तो 12 मील आगे है। हमारी मुक्तिसेना के कब्जे में है सब एरिया। वहाँ से शाम को गाँववाले तेंतुलिया हाट में आएँगे। पहले कैंप चलिए साहब, थोड़ा हाथ-मुँह धोइए, 50 मील अंदर आ गए हैं और ऐसी खराब सड़क।"

हवलदार की आवाज में अब भरोसे के साथ-साथ सत्कार और प्यार भरा अधिकार जुड़ गया है। द्वितीय रक्षा पंक्ति का कैंप महानंदा के टूटे हुए पुल के एक मील इसी ओर है। उसके आगे जाने की मनाही है, बिना कैप्टन काजिमुद्दीन की अनुमति के। वे इस समय हैं नहीं, लेकिन हम पुल तक जरूर जाएँगे। उस घमासान युद्ध के अविस्मरणीय रणस्थल की मिट्टी छूकर ही लौटेंगे।

धनुष जैसी महानंदा ने यहीं पर बांग्लादेश के शत्रुओं को परास्त

किया है। माँ हैं ये नदियाँ। दुर्गारूपिणी। माँ हैं पद्मा, मेघना, जमना और माँ हैं महानंदा। आगे भी इनकी रक्षा करना माँ, ये जीवन-मरण के संग्राम में लगे हैं—'या देवी सर्वभूतेषु क्रांति रूपेण संस्थिता। नमस्तस्यै नमस्तस्यै···' मेरा नास्तिक मन चुपचाप दोहराता है।

(साभार : धर्मयुग, 17 अक्तूबर, 1971।)

□

6

मैं लुटी हूँ बार-बार...

—संजय

लगभग तीन दशक पूर्व अमन के उस बूढ़े मसीहा ने लोगों से कहा था—'नफरत पर टिका कोई भी देश जीवित नहीं रह सकता।' वह तो चला गया, परंतु उसकी आवाज फटे और पैबंदों से भरे कपड़ों में लिपटे शरणार्थियों में आज भी गूँज रही है। पूर्वी बंगाल के शरणार्थी मानो चीख रहे हों—'घृणा से हमें मुक्ति चाहिए। हमें आजादी चाहिए।' और यही तमन्ना लेकर बांग्लादेश आज घृणा से जूझ रहा है। पूर्वी पाकिस्तान से हिंदू शरणार्थियों का भारत आना कोई नई बात नहीं है। हजारों शरणार्थियों को भारत में बसाया जा चुका है, परंतु अब हिंदुओं के साथ-साथ मुसलिम शरणार्थी भी आ रहे हैं।

गत 26 मार्च के बाद पश्चिमी बंगाल, बिहार, असम और त्रिपुरा के विभिन्न क्षेत्रों में हजारों पाक-बंगाली शरणार्थी प्रवेश कर चुके हैं। महज इसी उम्मीद में कि वे फिर से एक आजाद बांग्लादेश वापस जा सकेंगे। घृणा पर आधारित बदबूदार सैनिक शासन का खात्मा होगा। यही भाव उनके चेहरों पर थे, यहाँ सपने उनकी आँखों में बसे थे और यही दौर उनकी रग-रग में समाया हुआ था। तभी तो माँ ने अपने बेटों, बहन ने इकलौते भाई, पिता ने बुढ़ापे का सहारा और पत्नी ने जीवन साथी को मुक्तिवाहिनी सेना को अर्पित

कर दिया। युवकों ने जवानी के सारे सपनों को बंदूकों, बुलेटों और तोपों से सजा दिया था, फिर चल पड़ा था शहीदों का कारवाँ। इसी कारवाँ के साथ-साथ चला शरणार्थियों का काफिला।

यह काफिला कठियार से लेकर अगरतला के कोने-कोने में दिखाई दिया···और और भी मोटा होता चला गया। काफिले पर हैवानियत की मारों से बनने वाले जख्म पूरी तरह से मौजूद थे। और इन जख्मों को ढोए जा रहे थे इनसान—जीते-जागते बूढ़े, जवान, किशोर और मासूम बच्चे। हिंदू-मुसलमान, छूत-अछूत और ऊँच-नीच से बेखबर ये इनसान और थे शामिल इस काफिले में—शिक्षक, लेखक, पत्रकार, छात्र, व्यापारी, क्लर्क, श्रमिक, कलाकार, यानी हर वर्ग के लोग। इनमें से कुछ से मैंने बातें कीं, तो उन्होंने खून के आँसू बहाते हुए अपनी करुण कथाएँ कहीं—

सब लुट चुका है···

उदास चेहरा और अनिश्चित भविष्य से लदी श्रीमती कावेरी चौधरी ने अपनी कहानी इस प्रकार शुरू की—"अब कुछ शेष नहीं रहा। सब लुट चुका।" चटगाँव में उनका चार कमरों का फ्लैट, छोटा सा गार्डन, बच्चों के साथी-खरगोश, हिरन, टामी और गुड़ियाघर तोपों की धाँय-धाँय में कहीं खो गए—सदा-सदा के लिए। श्रीमती चौधरी ने कहा, "हम, हमारा हसबैंड और साथ में दो बच्चा रात में निकल पड़ा।···और कार बीस मील के बाद रुक गई। पेट्रोल खत्म हो गया।" इसीलिए श्रीमती चौधरी, उसके पति और दोनों बच्चों को दो दिन तक 32 मील पैदल चलकर अगरतला तक पहुँचना पड़ा।

प्रश्न : अब आप क्या करेंगे ?

उत्तर : हम सब कलकत्ता जाएगा। हमारा सब मनी शेष हो गया। पंजाबी सेना ने हमारा सब खत्म कर दिया।

इतने में ही आवाज सुनाई दी, "मम्मी, आमी दूध खाबो।" उसके छोटे बच्चे ने पुकारा। मगर वहाँ दूध नहीं था। वह फटी निगाहों से मेरी ओर देखने लगी। आँखों में आँसू उभर आए। मैं निरुत्तर था। आगे चल पड़ा।

इबादतगाह भी पाक ने नापाक की

दलवर हुसैन 27 मार्च को सिलहट में शाह जलाल में 20 अन्य नमाजियों के साथ अल्ला को नमाज अदा कर रहे थे और तभी अल्ला के बंदों ने गोलियों की बौछार शुरू कर दी। हुसैन गुस्से में आकर कहने लगे, "कमबख्त पंजाबी मुसलमानों ने खुदा की जगह भी पाक नहीं छोड़ी। अल्लाताला कभी माफ नहीं करेगा इन्हें।" यह कहकर हुसैन ट्रक पर सवार हो गए, जिसमें उन्हें शरणार्थी शिविर ले जाया जा रहा था।

यूनिट खत्म : शूटिंग को बूटिंग

ढाका का बाजार। बाजार के फुटपाथ के एक कोने में मूवी कैमरा फिट है। दो फोकस बोर्ड लगे हुए हैं। कैमरामैन शूटिंग को तैयार है। डायरेक्टर हीरो को निर्देश दे रहा है। क्लैपर बॉय क्लैपिंग देता है और फिर शाट खत्म होते ही कट की आवाज, फिर इसी के साथ ठाँय-ठाँय-ठाँय-ठट्ट-ठट्ट का घेराव। कैमरा, ट्राली, फोकस बोर्ड सभी कुछ निस्तेज। भारी-भरकम फुलटूटों की भद्दी आवाजें और संगीनों के साए। यही सबकुछ मैंने देखा। बंगाली फिल्म निर्माता श्री सी.आर. चौधरी ने बताया।

श्री चौधरी बंगाल के अच्छे फिल्म-निर्माताओं में से एक माने जाते हैं। वह अब तक पाँच फिल्म बना चुके हैं। एक फिल्म को अंतरराष्ट्रीय फिल्म समारोह में दूसरा स्थान मिल चुका है।

प्रश्न : क्या आपको मालूम था कि यह लड़ाई होगी ?

उत्तर : संघर्ष का आभास तो था। परंतु, इतनी जल्दी और इस बड़े पैमाने पर होगा, इसका अंदाजा नहीं था।

प्रश्न : अब आप क्या करेंगे?

उत्तर : यह कलकत्ता पहुँचने पर ही तय होगा। मैं अकेला रह गया हूँ। मेरी यूनिट खत्म हो चुकी है।

नई पीढ़ी को नेस्तनाबूद करो!

पश्चिमी पाकिस्तान का एक सैनिक हवाई अड्डा। 25 वर्षीय शहाबुद्दीन पूरी वर्दी में लड़ाकू जहाज में सवार होने ही लगता है कि उसे एक नोटिस मिलता है, जिसमें ढाका जाने का आदेश दिया जाता है। वह ढाका रवाना हो जाता है। पूर्वी बंगाल पहुँचने पर उसे बताया जाता है कि वह कल ढाका के ग्रामीण क्षेत्र में बम बरसाएगा।

रात के अँधेरे में वह छावनी से भागकर मुक्ति सेना में शामिल हो जाता है, फिर लड़ाई और लड़ाई। भारत-पाक सीमा पर भेंट के दौरान शहाबुद्दीन ने कहा, "पाकिस्तानी दरिंदे हमें अपने ही भाइयों पर बम बरसाने के लिए बाध्य कर रहे थे। वे चाहते थे कि निहत्थे लोगों को खामोश कर दिया जाए। वे चाहते थे कि नौजवानों को पूरी तरह से नेस्तनाबूद कर दिया जाए, जिससे कि बांग्ला का कोई नामलेवा न रहे, कोई आवाज न उठ सके। मगर, ऐसा कभी नहीं होगा।"

करांची का कैबरा : बंगाली का खून

करीमगंज स्टेशन पर जब मैं चाय पीने के लिए उतरा, तब मुसलिम शरणार्थियों की कतारें बिखरी पड़ी थीं। एक से बात की तो रशीद खान कहने लगा, 'मजहब के नाम पर पश्चिमी पाकिस्तान ने हमारा जितना खून पीया है, उसी के बल पर करांची के होटलों में कैबरा डांस हो रहा है। पुलाव उड़ रहे हैं। गजलों के दौर के दौर चल रहे हैं।'

अमी की बोली

लुटी देह को लिए सिउरवाला देवी ढाका के नासिंदी क्षेत्र में चली जा रही हैं—अकेली बिल्कुल तनहा। सामने से कुछ सैनिक आते हैं और फिर वह लुटती है। सड़कों और फुटपाथों पर। "बाबू अमी की बोली। सांघातिक अवस्था।" उसने बताया, माधवी बाजार से डमरा तक औरतों की अस्मत लूटकर सड़कों पर घसीटा गया। बच्चों को ऊपर उछालकर संगीनों पर झेला गया। यही है उसकी दास्तान, जिसे उसने अगरतला में पत्रकारों के सामने रोते हुए सुनाया।

उठता धुआँ : ढहता ढाका

लालू राय ढाका की सड़कों पर झाड़ू लगा रहा था। 26 मार्च की सुबह थी। चारों तरफ सैनिक ही सैनिक दिखाई दे रहे थे। उनके भारी-भरकम बूटों की आवाजों से सड़कें चिथड़े-चिथड़े हुई जा रही थीं। वह उसकी अंतिम सुबह थी। वह फिर झाड़ू नहीं लगा सका। तीन दिन तक झोंपड़ी में बैठा रहा। उठते हुए धुएँ और ढहते ढाका को देखता रहा। और एक दिन रात के साए में भारत की तरफ रवाना हो गया। 80 मील लगातार चलने पर अगरतला पहुँचा।

प्रश्न : अब कहाँ जाओगे?

उत्तर : जाएँगे कहाँ साहब। अब तो आपकी सरकार की दया पर हैं। वैसे हमारे पूर्वज कानपुर के थे, परंतु अब हमारा वहाँ कोई नहीं है। पूर्वी बंगाल ही हमारा वतन है।

लालू राय के बोलने से ऐसा लग रहा था, मानो वह बंगाली है ही नहीं। उसने कहा, "हमारा घर पर अभी तक भी हिंदी ही बोली जाती है। वैसे बंगला भी थोड़ी बहुत आती है।"

साथ दो या मौत लो

सिलहट की सेंट्रल जेल। लगभग दो हजार अपराधियों में एक सैनिक अफसर आकर कहता है, "हम तुम्हें अभी आजाद कर देंगे, मगर तुम्हें हमारा साथ देना होगा और बंगालियों पर गोलियाँ चलानी होंगी।" सभी कैदी मना कर देते हैं। इस पर वह रास्ते से चीखता हुआ कहता है, "चौबीस घंटे में तुमने हमारा साथ देने का फैसला नहीं किया तो सभी को गोली से भून दिया जाएगा।" कैदियों में खलबली मच जाती है। इसी बीच चारों तरफ तोपों की गूँज, जिससे जेल की दीवारें हिल उठती हैं। आठ घंटे तक दो हजार जिंदगियाँ मौत का इंतजार करती हैं, उन्हें इस बात की खुशी है, वे अपने ही भाइयों के विरुद्ध नहीं लड़ रहे हैं। उन्हें मरना मंजूर है। इसी उधेड़बुन में आठ घंटे निकल जाते हैं, फिर एकाएक मुक्ति सेना के लोग जेल में आते हैं और सभी कैदियों को मुक्त कर देते हैं। अजीमुल्ला ने मुझे बताया।

अगरतला के दुर्गाबाड़ी शिविर में अजीमुल्ला ने कहा कि कई जेल के कैदियों को पाक सेना ने या तो मार डाला या जबरन अपने साथ मिला लिया। अजीमुल्ला जन्म कैदी हैं। नोआखाली में आठ साल पहले एक हत्या कर दी थी। अजीमुल्ला कहने लगा, "हम आपकी वजीरेआजम इंदिरा गांधी का बहुत शुक्रगुजार हैं कि हमें आसरा देकर मौत से बचा लिया।" यह कहकर वह नमाज के लिए चला गया।

(संजय साप्ताहिक हिंदुस्तान के बांग्लादेश में घुमंतू प्रतिनिधि थे। उनकी यह रिपोर्ट 9 मई, 1971 के अंक में प्रकाशित हुई थी। साभार दी जा रही है।)

□

7

लांस नायक अल्बर्ट एक्का

—**मेजर देवेंद्र नाथ दास**, (सेवानिवृत्त)

लांस नायक अल्बर्ट एक्का 14 गार्ड्स की ब्रावो कंपनी के सदस्य थे। वह एक आज्ञाकारी सैनिक थे, जो अन्य आदिवासी युवाओं की तरह ही खेलकूद में काफी दिलचस्पी रखते थे। हमें पूर्वी पाकिस्तान की सुरक्षावाले इलाके गंगासागर पर हमले की जिम्मेदारी सौंपी गई थी। गंगासागर चटगाँव–कोमिला–ब्राह्मणबरिया–ढाका मार्ग पर स्थित एक रलवे स्टेशन था, जिसे पाकिस्तानी सेना ने सैनिक पोस्ट में बदल दिया था। उन्होंने रेलवे लाइन से लगे बहुत मजबूत बंकर बना रखे थे। रेलवे स्टेशन और पास की अन्य इमारतों को मोर्चों में बदल दिया गया था। योजना के अनुसार हमने सन् 1971 में 2 और 3 दिसंबर की रात गंगासागर पर हमला कर दिया। शत्रु ने 12 फ्रंटियर फोर्स और 12 आजाद कश्मीर रेजीमेंट की एक–एक कंपनी को वहाँ तैनात कर रखा था। हमने 3 दिसंबर, 1971 को तड़के 2 बजे हमला कर दिया। A कंपनी रेलवे लाइन के दाएँ हिस्से से आगे बढ़ रही थी और B कंपनी बाएँ ट्रैक के साथ चल रही थी। अल्बर्ट एक्का

B कंपनी की ओर से सबसे आगे चल रहे थे। B कंपनी के कमांडर मेजर ओम प्रकाश कोहली थे। A कंपनी के कमांडर मेजर अशोक कुमार तारा थे। दोनों कंपनियों ने एक साथ गंगासागर पर हमला कर दिया। अचानक पाकिस्तानी संतरी ने हमें चुनौती दी, 'थम कौन आता है?' अल्बर्ट एक्का ने कहा, 'तेरा बाप', और अपनी बंदूक से गोलियों की बौछार कर दी। गाड्र्समैन केशर देव A कंपनी में सबसे आगे चल रहे थे। उन्होंने भी अपनी लाइट मशीनगन से फायरिंग शुरू कर दी। पाकिस्तानी संतरी को गोली लगी और वह 'काफिर आया, काफिर आया' चिल्लाता हुआ भागा। दुश्मन की लाइट मशीनगन ने जवाबी फायरिंग की। शत्रु की अचानक हुई फायरिंग में A कंपनी के केशर देव और B कंपनी के गुलाब सिंह शहीद हो गए। इससे पहले कि कोई कुछ समझता अल्बर्ट ने उस मशीनगन बंकर पर धावा बोल दिया और बंकर में ग्रेनेड उछालकर दुश्मन की मशीनगन टुकड़ी को ढेर कर दिया। उन्होंने मशीनगन को खींचकर बाहर निकाला और B कंपनी के साथ शामिल हो गए। सही समय पर उनकी इस वीरतापूर्ण काररवाई ने कई जवानों की जान बचाई। अल्बर्ट एक्का घायल हो गए थे। अपने जख्मों के बावजूद वह लड़ते रहे। अगले दो घंटे तक हमने अत्यधिक कठिन लड़ाई लड़ी। 3 दिसंबर, 1971 की सुबह 4:30 बजे तक हमने गंगासागर इलाके से दुश्मन का सफाया कर दिया था। A और B कंपनी के जवान स्टेशन के आखिर तक पहुँच गए और पूरे उल्लास के साथ नारा लगाया, 'जीत गए रे जीत गए।' लेकिन स्टेशन की एक इमारत की पहली मंजिल पर बने पाकिस्तानी मीडियम मशीनगन के बंकर ने हमारे ऊपर निशाना साध कर फायरिंग शुरू कर दी। देखते ही देखते हमारे चार जवान शहीद हो गए। दुश्मन का यह मशीनगन बंकर रेलवे स्टेशन की मुख्य इमारत के पास बना था। अचानक अल्बर्ट एक्का उस बिल्डिंग पर चढ़ गए, दुश्मन के बंकर की तरफ भागे और ग्रेनेड उछाल दिया। दुश्मन टुकड़ी के दो सैनिक मारे गए,

तब तीसरे ने अल्बर्ट पर गोली चलाई। गंभीर रूप से घायल होने के बाद भी अल्बर्ट अपनी संगीन ताने उस पर टूट पड़े और उस तीसरे शत्रु को मार गिराया। उन्होंने एम.एम.जी. को खींचा और बिल्डिंग से नीचे कूद गए। मैं उस बिल्डिंग के ठीक नीचे था। हमारे 3 इंच मोर्टार के प्लाटून कमांडर सूबेदार अजीत सिंह ने उन्हें दुश्मन का मशीनगन थामे नीचे गिरते देखा। उन्होंने मेरी तरफ देखा और हुक्म दिया, 'इसको मरहम-पट्टी करो।' मैंने आदेश का पालन किया और घुटने के बल बैठकर उन्हें मॉरफीन का एक इंजेक्शन दिया और पानी की कुछ बूँदें छिड़कीं, पर उन्होंने दम तोड़ दिया। उन्होंने हमारी बटालियन की रक्षा की। उनकी वीरतापूर्ण काररवाई से हमारा हमला सफल रहा। इस शौर्य के लिए उन्हें 'परमवीर चक्र' से सम्मानित किया गया। हमें उन पर गर्व है। जय हिंद!

(मेजर अल्बर्ट एक्का के साथ मोर्चे पर तैनात थे)

□

8

मुक्ति-योद्धाओं के शिविर में

—विष्णुकांत शास्त्री

'हाल्ट'।

हम लोगों की पिकअप जीप की हेड लाइट की भरपूर रोशनी में तनी हुई संगीन चमक उठी। जीप झटका खाकर रुक गई। कैप्टन रशीद खड़े हुए, उनको देखते ही संतरी ने सलाम ठोका। दरवाजा खुला और हम लोगों ने मुक्ति-योद्धाओं के शिविर में प्रवेश किया।

कलकत्ता से 200 मील दूर उत्तरी बँगलादेश के किसी अंचल में स्थित उस शिविर के जवानों से मिलने के लिए एक जीप और दो मोटरों में हम लोग 16 मई को सुबह 9:30 बजे कलकत्ता से रवाना हुए थे। हम लोग, यानी कलकत्ता विश्वविद्यालय बँगलादेश सहायक समिति के मंत्री प्रो. दिलीप चक्रवर्ती, मैं, विश्वभारती के तीन प्राध्यापक, दो अध्यापिकाएँ, दो समाज सेविकाएँ और बँगलादेश मिशन के एक विशिष्ट प्रतिनिधि। अपने देश की जनता की आंतरिक सहानुभूति के प्रतीक के रूप में हम लोग काफी असामरिक सामग्री उन्हें भेंट देने के लिए ले गए थे। जेठ की तपती दुपहरी और लंबी यात्रा ने तन को थका तो दिया, किंतु मन उत्साह से भरा था, जब हम लोग कुछ अनिवार्य कारणों से रुक-रुककर साँझ के समय सीमा पर पहुँचे। सीमावर्ती भारतीय अधिकारियों के स्नेह-सौजन्य-सहयोग

को तो हमने स्वीकारा, किंतु चाय-शाय के चक्कर में नहीं पड़े। मार्गदर्शक मिलते ही हम लोग आगे बढ़े।

7:30 बजे के करीब हम लोग बँगलादेश की मुक्ति-फौज के स्थानीय अधिकारी कैप्टन रशीद के छोटे से प्रशासनिक शिविर में पहुँचे। कैप्टन ने गर्मजोशी से हम लोगों का स्वागत किया। पहले वे पाकिस्तान की रेगुलर आर्मी में थे, फिर पूर्वी बंगाल के किसी सैन्य प्रशिक्षण केंद्र में थे। उत्तरदायित्व का बोध और संघर्ष का संकल्प उनके चेहरे पर स्पष्टत: अंकित था। वे पाकिस्तानी फौज से हुई कई मुठभेड़ों का नेतृत्व कर चुके थे। आधुनिकतम शस्त्रों से सुसज्जित पाकिस्तानी पाशविक सैन्यबल के सम्मुख उनकी टुकड़ी टिक नहीं पाई, किंतु दुश्मन को उन्होंने करारी चोटें पहुँचाई थीं। उनकी कर्मठता और योग्यता का सबसे बड़ा प्रमाण यह था कि अत्यंत प्रतिकूल परिस्थितियों में भी उन्होंने अपनी टुकड़ी को बिखरने से बचाया था और एक लंबे युद्ध की आवश्यकताओं के अनुसार अब नए सिरे से उसका पुनर्गठन कर रहे थे। लड़ाई की कठोरता ने उनके चेहरे को सख्त बना दिया था, किंतु अब भी वे हँस सकते थे। मुझे सबसे ज्यादा हैरानी यह देखकर हुई कि तीस-पैंतीस मिनट की बातचीत में उन्होंने कोई शिकायत नहीं की, न भाग्य की, न नेतृत्व की, न सामग्री के अभाव की। जो नहीं हो सका, वह क्यों नहीं हो सका ? इसके बारे में मानसिक तर्क करने और दूसरों को दोष देने की सामान्य मानवीय दुर्बलता उनमें नहीं दिखी। राजनीतिक चर्चा में भी उन्होंने कोई रुचि नहीं दिखाई। हमारे एक साथी ने जब बँगलादेश की विभिन्न राजनीतिक पार्टियों में व्याप्त मतभेदों की चर्चा करते हुए कुछ की आलोचना शुरू की तो उन्होंने उस प्रसंग को बंद करते हुए कहा, 'मैं सिपाही आदमी हूँ; और इतना जानता हूँ कि पाकिस्तानियों ने तेईस सालों तक लगातार मेरे देश का शोषण किया है, हमें गुलाम बनाकर रखा है। इस लड़ाई में उन्होंने जिस विश्वासघात तथा पशुता का परिचय दिया है, उससे यह साफ है कि वे हमारे देश को अपने कब्जे में रखने के लिए नीचता की किस सीमा तक जा सकते हैं। इसका एक ही जवाब है—'जीतने

जारी गाँव में परमवीर अल्बर्ट एक्का व
उनकी जीवन–संगिनी बलमदीना एक्का की कब्र

तक युद्ध करते जाना। इन परिस्थितियों में लड़ाई कैसे चल सकती है? कैसे सफल हो सकती है? मेरी समस्या यही है। मैं राजनीतिक दाँव-पेंच नहीं जानता। उसके लिए आप इनसे (बँगलादेश मिशन के प्रतिनिधि से) बातचीत कीजिए।' इस दो-टूक उत्तर ने मुझे जीत लिया। बंगाली अल्पभाषी भी हो सकता है और राजनीति-चर्चा-विरत भी, यह मेरे लिए नई अभिज्ञता थी। इस युद्ध से वल्कि शेख मुजीब के पूरे आंदोलन से पूर्व बंगाल के लोगों में नई चेतना का उदय हुआ, इसमें कोई संदेह नहीं।

हम लोग इधर बातचीत कर रहे थे, उधर वीणा दी मीनाजी सूची से मिला-मिलाकर सब सामग्री क्वार्टर मास्टर को दे रही थीं। बातचीत के मध्य हमें पता चला कि जहाँ हम थे, उसके इर्द-गिर्द ही दो शिविर और थे—एक नए रंगरूटों का, दूसरा पुराने ई.पी.आर. के उन जवानों का, जो लड़ाई में हिस्सा ले चुके थे और तब भी ले रहे थे। नए रंगरूट मुख्यत: विस्थापित छात्रावर्ग के थे और अभी उनकी संख्या पचास के करीब थी। उन्हें सैन्य शिक्षा दी जा रही थी। पुराने जवानों की संख्या 250 के करीब थी और अब उन्हें विशेष रूप से गुरिल्लायुद्ध के लिए प्रशिक्षित किया जा रहा था। स्वभावत: हम लोगों ने उनसे मिलने की इच्छा प्रकट की। कैप्टन मुसकराए और बोले, 'अच्छा, आप लोग इतनी दूर से चले आ रहे हैं, तो थोड़ा सुस्ता लीजिए और नाश्ता कर लीजिए, फिर मैं आप लोगों को ले चलूँगा।' नास्ते पर हम लोगों ने आपत्ति की पर कैप्टन नहीं माने, बोले, आप लोग हमारे मेहमान हैं, दोस्त हैं, हम लोगों के लिए इतनी चीजें लाए हैं, यह कैसे हो सकता है कि हम लोग आप लोगों की खातिरदारी न करें।'

जवानों का शिविर उस स्थान से करीब डेढ़-दो मील दूर था। रास्ता कच्चा और खराब था, अत: हम लोगों की दोनों गाड़ियाँ वहीं रहीं। मुक्ति-फौज की बड़ी पिकअप जीप आगे-आगे और हमारी जीप पीछे-पीछे चली। मैं कैप्टन के साथ अगली जीप में था। कैप्टन के साथ स्टेनगन लिये उनका अंगरक्षक भी था।

चाँद अभी तक नहीं निकला था। घोर निस्तब्धता और घने अँधेरे के बीच उस ऊबड़-खाबड़ रास्ते पर दो जीपें दौड़ रही थीं, जिनकी हेडलाइट अँधेरे को चीरकर प्रकाश के झरने के समान झर रही थीं। ऊपर तारों भरा निर्मल आकाश था। कलकत्ता के धूल और धुएँ से भरे आकाश में इतने तारे कहाँ दिखते हैं और यह हवा, यह उन्मुक्त प्राकृतिक विस्तार। सामने से कोई जंतु दौड़ गया तो ब्रेक के झटके ने विचारधारा को भी झकझोर दिया। लगा, ऐसा ही मेरा बँगलादेश के ऊपर भी छा गया है, क्या वह दूर होगा? तभी मेरे मन में नसीमुन आरा की पंक्तियाँ कौंध गईं—'ए आँधार कूलप्लावी कत क्षण दूबे, तिमिर हननेर गान आमार कंठे…' (किनारों को डुबा देनेवाला यह अँधेरा टिक सकेगा कितनी देर, अँधेरे को चीर देनेवाला गान है मेरे कंठ में…)। कैप्टन रशीद और उनके साथी अँधेरे को चीर देने की साधना में ही तो लगे हैं। तभी संतरी की आवाज सुनकर मैं भाव-जगत् से फिर वस्तविक जगत् में आ गया।

एक बड़ा सा मैदान, जिसके बीचोबीच विशाल बरगद का पेड़, दो तरफ फौजी छावनी। हम लोगों की जीपें अहाते में घुसीं तो जवान बाहर निकल आए। बँगलादेश मिशन के जो प्रतिनिधि हम लोगों के साथ आए थे, वे जवानों को संबोधित कर कुछ कहनेवाले थे, अतः कैप्टन ने उन्हें करीने से व्यवस्थित कर बैठा दिया। रास्ते के पड़ावों में हम लोग रवींद्रनाथ के देशभक्तिमूलक गीत गाते और कविताएँ सुनते-सुनाते आए थे। अतः स्वाभाविक था कि हम लोगों से जवानों को गीत, कविता आदि सुनाने का अनुरोध किया जाता। हम लोगों ने इसे प्रसन्नतापूर्वक स्वीकार कर लिया।

चारों तरफ के अँधेरे से जुझती हुई चार लालटेनें, इधर-उधर के संतरियों की बीच-बीच में चमक उठनेवाली टॉर्चें, बरगद के पेड़ के नीचे दो मेजें, कुछ कुरसियाँ, सामने व्यूहबद्ध ढाई सौ मुक्ति-योद्धा। कुल मिलाकर पूर्ण रोमांचक वातावरण। सेकंड इन कमांड ले. टुन्नूमियाँ उस फौजी सांस्कृतिक कार्यक्रम का संचालन कर रहे थे। उन्होंने घोषणा की कि सबसे पहले

बँगलादेश का राष्ट्रगीत गाया जाएगा। पार्थ, जिष्णु दे मीनाजी तथा अन्यों के परिशीलित, सुरीले शांतिनिकेतनी स्वर गूँजे, 'आमार सोनार बाँग्ला, ग्रामी तोमाय भालोबासी ओ मेरे सोने के बंगाल, मैं तुम्हें प्यार करता हूँ।' जवानों के साथ-साथ हम सब सावधान की मुद्रा में खड़े हो गए। देश को कैसे प्यार किया जाता है ? क्या देशप्रेम केवल जबानी जमाखर्च है ? नहीं, नहीं, देश की प्रतिष्ठा की रक्षा के लिए अपना जीवन, अपना सबकुछ बलिवेदी पर चढ़ाने के लिए जो तत्पर न हो, उसे क्या हक है कहने का कि 'ओ मेरे देश, मैं तुम्हें प्यार करता हूँ।' मेरे सामने जो लोग खड़े थे, उन्होंने अपना सबकुछ होम दिया था और अब प्राणों को हथेली पर लिये दुश्मन से जूझने को, उसे मार भगाने को कटिबद्ध थे। हाँ, उन्हें हक है कि ये कहें, 'आमार तोमार बांग्ला, आमी तोमाय भालोबासी।'

फिर मेरा नाम पुकारा गया। परिचय देने के बाद मुझसे कहा गया कि मैं बँगलादेश की नई संग्रामी कविताएँ सुनाऊँ। कविताएँ सुनना-सुनाना मेरा नशा है, किंतु उतनी तन्मयता से मैंने शायद ही कभी कविताएँ सुनाई हों। पहले मैंने सिकंदर। अबू जफर की कविता सुनाई 'आमादेर संग्राम चलबेई'। 'अँधेरी कब्रग्राह में उषा के बीज' बोनेवालों का दृढ़ संकल्प व्यंजित हुआ है। उस कविता में मैंने उसका हिंदी अनुवाद भी किया है, उसकी आरंभिक पंक्तियाँ हैं—'दी तो है शांति, देंगे अब स्वस्ति भी। दे चुके संभ्रम, देंगे अब अस्थि भी। प्रयोजन हुआ तो देंगे नदी भर रक्त। हो लें पथ-बाधा के पत्थर और सख्त। अविराम यात्रा के लिए चिर संघर्ष से एक दिन पहाड़ बह टलेगा ही। चलेगा ही, चलेगा ही, संग्राम वह चलेगा ही।' कविता शेष हो गई, लेकिन मुझे लगा कि श्रोताओं की प्यास बुझी नहीं। मैंने दूसरी कविता सुनाई नसीमुन धारा की—'तिमिर हननेर गान आमार कंठे, आमार हाते इ चाबी आवामी दिनेर।' किसी बड़े उद्देश्य को जब कोई कवि अपनी संपूर्ण भावात्मक सत्ता द्वारा स्वीकार कर लेता है तो उसका स्वर कितना उदात्त हो जाता है। सिकंदर और नसीमुन—दोनों अभी छात्रा ही हैं, किंतु ये कविताएँ

कितनी वजनदार हैं, कितनी धारदार हैं। मेरा काव्य-पाठ ज्यों ही समाप्त हुआ, स्वतःस्फूर्त तालियों की गड़गड़ाहट से परिवेश गूँज उठा। मुझे खुशी हुई कि जवानों ने इन कविताओं को पसंद किया।

बँगलादेश मिशन के प्रतिनिधि ने अपने संक्षिप्त, किंतु तेजस्वी भाषण में कहा कि लड़ाई चालू है और आखिरी जीत तक चालू रहेगी। जीत हमारी होगी ही, क्योंकि हमारी सारी जनता इस शोषण और गुलामी का अंत करने के लिए कटिबद्ध है। अत्याचारी फौजी ताकत की जीत क्षणिक होती है। सारी जनता हमारे साथ है। हम संकट के इन क्षणों में अपने धैर्य, साहस और युद्ध-कौशल का प्रमाण दें। हमने अब सीधी लड़ाई की जगह गुरिल्ला युद्ध लड़ने का फैसला लिया है। हमारे छापेमार दस्ते आज भी काम कर रहे हैं और अगले कुछ महीनों में हमारी मार और तेज हो जाएगी। याद रखें, हमारी लड़ाई राष्ट्रीय स्वतंत्रता की लड़ाई है, जाति के जीवन को बचाने की लड़ाई है। दुश्मनों के दलालों और फूट डालनेवाले राजनीतिक नारों से सावधान रहें। देश को आजाद करने के लिए शेख मुजीब के नेतृत्व में हमने राष्ट्रीयता का बिगुल फूँका है। चरम बलिदान देकर भी हम अपने लक्ष्य को प्राप्त करेंगे ही। जय बाँग्ला! उनके व्याख्यान का समर्थन जवानों ने पुनः तालियों की गड़गड़ाहट से किया। उसके बाद कैप्टन रशीद ने हम लोगों के प्रति आभार प्रकट किया।

पार्थ और मीनाजी ने समापन संगीत गाया—'बाँध भेंगे दाओ, बाँध भेंगे दाओ…भाँगो।' अर्थात् तोड़ दो यह बाँध, सूखे नद में जीवन की बाढ़ का उद्दाम कौतुक आए। जीर्ण, पुरातन बह जाए। हम लोगों ने किसी नवीन की पुकार सुनी हैं। मत डरो, मत डरो, अब हम किसी अज्ञात से भय नहीं करते, उसके बंद द्वार की ओर हम दुर्दांत वेग से दौड़ रहे हैं और तोड़ देंगे उसे…भाँगो। शेख मुजीब के सांस्कृतिक प्रेरणास्रोत रवींद्रनाथ की भावधारा का कितना योग है इस मुक्ति-संघर्ष में, अभी इसका अंदाज भी नहीं लगाया जा सकता।

जवानों के अनुरोध पर 'आमार सोनार बांग्ला' फिर गाया गया और उसके बाद कार्यक्रम समाप्त हो गया।

रात्रि के 10:30 बज चुके थे। हम लोगों के लिए चाय आई, केवल एक- एक प्याली चाय, पर उसमें स्नेह और कृतज्ञता की ऐसी मिठास भरी थी कि वह अमृत जैसी लग रही थी। मैं अपनी प्याली हाथ में लिये जवानों के बीच चला गया। पाकिस्तानी फौज की दगाबाजी और खूँरेजी की कहानियाँ सबके होंठों पर थीं। किसी का भाई उनका शिकार बना था, किसी की बहन, किसी का कोई और। उनकी आँखों में क्रोध और घृणा की जो आग भरी हुई थी, वह पाकिस्तानी फौजी तानाशाही को भस्म करने के इरादे से लहक रही थी। मैंने अपनी आँखों से उसे देखा है। मैं कैसे उस पाकिस्तानी प्रचार पर विश्वास कर सकता हूँ कि गदर दबाया जा चुका है और अब पूर्वी पाकिस्तान में अमन-चैन है या उन निराशावादियों की बात को कैसे मान सकता हूँ ? कि लड़ाई हारी जा चुकी है और अब कुछ नहीं हो सकता। मैं उनकी तरह भविष्यवक्ता नहीं हूँ, पर इतना जरूर जानता हूँ कि लड़ाई चल रही है—मुक्ति-योद्धाओं का मनोबल बहुत ऊँचा है। बँगलादेश सरकार का नेतृत्व बदलती हुई परिस्थियों में अपने फौजी दस्तों और राजनीतिक कार्यकर्ताओं के पुनर्गठन एवं प्रशिक्षण के कार्य पर जोरों से जुटा हुआ है तथा अपने इस काम में उसे काफी हद तक सफलता भी मिली है। जिस तरह के शिविर में उस समय हम लोग थे, वैसे बीसियों शिविर बँगलादेश के सीमावर्ती अंचलों से लगे हुए हैं और उनकी संख्या बढ़ रही है। यह जानकारी मुझे आश्वस्त करती है और प्रेरित करती है कि इस सच्चाई को मैं सबके सामने रख दूँ।

□

हम लोग प्रशासनिक शिविर की ओर लौटे। कैप्टन रशीद अब अधिक आत्मीयता से बातें कर रहे थे। मैं उनसे पूछ बैठा कि आपने इसे 'ट्रेनिंग कैंप' से भिन्न 'ऑपरेशन कैंप' की संज्ञा दी है, तो यह तो बताइए कि अब तक आप लोग क्या 'आपरेशन'—फौजी काररवाई करते रहे हैं और भविष्य में आपकी

क्या योजना है ? उनके होंठों पर भेद भरी मुसकराहट छा गई और वे कुछ समय तक मुझे देखते रहे, फिर बोले कि अभी तक मुख्यत: हम लोग अपने जवानों को गुरिल्लायुद्ध के कौशल सिखाते रहे हैं, पर अब हमने प्रतिदिन दो जत्थे भेजने शुरू किए हैं, जो हर रात को दुश्मन के ठिकानों पर हमला करते हैं, उनके दलालों और समर्थकों का सफाया करते हैं। आज सुबह ही जो दस्ता छोटा है, उसने कामयाबी के साथ राजशाही पुलिस लाइंस पर हथगोले बरसाए थे। उनके हताहतों की संख्या का ठीक से पता नहीं चला है, किंतु वह निहायत कम नहीं होगी। कुछ रुककर निश्चय भरे स्वर में वे बोले, तीन-चार महीने और जाने दीजिए, फिर देखिएगा कि केवल सीमावर्ती अंचलों में ही नहीं, बँगलादेश की समस्त भूमि पर हमारी लड़ाई किस जोशोखरोश के साथ चालू हो जाती है। अभी मैं और क्या कहूँ ?'

अपने शिविर पहुँचकर कैप्टन ने फिर एक बात पर हम लोगों को धन्यवाद दिया। मैं अपने साथ 'धर्मयुग' के बँगलादेश विशेषांक की एक प्रति ले गया था, जो मैंने उन्हें भेंट की और कहा कि यदि कोई मुद्रित या लिखित साहित्य उनके पास हो तो मुझे दें। वे बोले कि हम लोग अभावों के बीच जी रहे हैं, न हमारे पास यथेष्ट शस्त्रास्त्र हैं, न दवाइयाँ, न पैसा ही, इसलिए हम अभी तक अपना साहित्य प्रकाशित नहीं कर पाए हैं। हम जानते हैं कि इसकी बहुत जरूरत है। हम इसकी योजना भी बना रहे हैं, पर अभी तो मैं आपको एक छोटे से परचे के अतिरिक्त और कुछ नहीं दे सकूँगा। यह परचा हमने बड़ी संख्या में बँगलादेश की सामान्य जनता में बाँटा है। मैंने आग्रहपूर्वक उस परचे की माँग की। वे भीतर गए और दो कागज लिये हुए बाहर आए और मुझे देते हुए बोले, 'लीजिए, यह तो वह छपा हुआ पर्चा है और यह है हम लोगों के दैनिक प्रशिक्षण का कार्यक्रम। इससे आप समझ सकेंगे कि हम लोग दिन के समय क्या करते हैं। रात की कारवाई का कुछ संकेत तो मैं आपको दे ही चुका हूँ।'

विदा का क्षण आया। दोनों हाथों से कैप्टन का दायाँ हाथ दबाते हुए

मैंने कहा, 'भगवान् ने चाहा तो हम लोग फिर मिलेंगे, यहाँ भी और ढाका में भी। 'मृत्यु की भर्त्सना दिन-रात हम ढोते हैं' के अंदाज में वे मुसकराए और बोले—'जय बांग्ला!' हम सबने दुहराया—'जय बांग्ला।'

□

मेरे सामने उनके दिए हुए दोनों कागज पड़े हैं। एक है सुबह 5:30 से रात के 10 बजे तक का व्यस्त सैनिक कार्यक्रम। गुरिल्ला-योद्धाओं को विस्फोटकों, मोर्टारों, मशीनगनों, हथगोलों आदि का प्रयोग तो सिखाया ही जाता है, साथ ही सामाजिक एवं राजनीतिक नेतृत्व की उनकी क्षमता के विकास पर भी पूरा जोर दिया जाता है। ध्वंस और निर्माण, दोनों साथ-साथ ही तो चलते हैं।

दूसरा काम अपने देश की जनता के प्रति किया गया मुक्ति-योद्धाओं का निवेदन है, जिसमें उन्होंने अपने स्वरूप और लक्ष्य को स्पष्ट किया है। इसका प्रकाशन तब हुआ था, जब बँगलादेश के मुख्य नगरों और यातायात के साधनों पर उनका अधिकार था। आज स्थिति बदल गई है, फिर भी उनका मौलिक स्वरूप और लक्ष्य तो नहीं बदला है। अतः उनके बलिदानी प्रयास की सफलता की कामना करते हुए मैं यह उचित समझता हूँ कि उनकी बात का मुख्य अंश उनके ही शब्दों में आप तक पहुँचा दूँ।

हम मुक्ति-योद्धा हैं!

हम स्वाधीनता और गणतंत्र के विश्वासी हैं। मनुष्य की तरह जीना चाहते हैं। इसीलिए हम संग्राम कर रहे हैं। हम बँगलादेश में जुल्मबाजी नहीं चाहते। हम संत्रासपूर्ण शासन से मुक्ति चाहते हैं, इसीलिए हम संग्राम कर रहे हैं। जिस दिन तक हम साढ़े सात करोड़ बंगाली स्वाधीन बँगलादेश के नागरिक नहीं बन जाते, उस दिन तक यह संग्राम शेष नहीं होगा।

शांति और गणतंत्र के शत्रु हमारी स्वाधीनता की आकुलता को कुचल देना चाहते हैं, किंतु वे पूर्णतः पराजित होंगे ही (हम लोगों की जय सुनिश्चित है)।

मुक्ति–योद्धा आप लोगों के समर्थन की कामना करते हैं। प्रत्यक्ष संग्राम में योग देना यदि आपके लिए संभव न हो, तो भी दूसरी तरह से सहायता करने के और बहुत से रास्ते खुले हैं।˙˙शांति, स्थिर रहें, मन मजबूत रखें। स्वाधीनता हम लोगों का जन्मगत अधिकार है। हम लोगों की जय होगी ही, जय बांग्ला!

(साभार : बँगलादेश के संदर्भ में विष्णुकांत शास्त्री,
हिंदी प्रचारक संस्थान, बनारस,
प्रथम संस्करण; 1971)

□

संदर्भ ग्रंथ

- शौर्यं तेजो—जसवंत सिंह, मेजर जनरल सूरज भाटिया, प्रकाशक : प्रभात प्रकाशन, नई दिल्ली
- फील्ड मार्शल सैम मानेकशॉ : मेजर जनरल शुभी सूद, प्रकाशक : प्रभात प्रकाशन, नई दिल्ली
- पत्रकारिता के युग निर्माता : धर्मवीर भारती, सुधांशु मिश्र, प्रकाशक : प्रभात प्रकाशन, नई दिल्ली
- परमवीर चक्र विजयगाथा : योगेश चंद्र भार्गव, मंजुल प्रकाशन, नई दिल्ली
- परमवीर चक्र विजेता : अशोक गुप्ता, नया साहित्य, कश्मीरी गेट, दिल्ली
- परमवीर चक्र विजेता : बलबीर सक्सेना, मानसी प्रकाशन, नई दिल्ली
- बांग्ला देश के संदर्भ में : विष्णुकांत शास्त्री, हिंदी प्रचारक संस्थान, बनारस, 1971

पत्रिकाएँ

- आदिवासी, गणतंत्र दिवस अंक, 26 जनवरी, 1972, अंक 50-51, राँची
- साप्ताहिक हिंदुस्तान, 9 मई, 1971
- धर्मयुग, 17 अक्तूबर, 1971
- साप्ताहिक हिंदुस्तान, 01 मई, 1971

पत्र

- दैनिक जागरण
- प्रभात खबर।

□□□